COURS

DE LITTÉRATURE.

COURS
DE LITTÉRATURE
ANCIENNE
ET MODERNE,
PAR LAHARPE,

AVEC NOTES, ADDITIONS ET COMMENTAIRES

DE ROLLAND,

continué jusqu'à nos jours avec les exemples donnés par

Boniface, Noël et Delaplace.

— III. —

LITTÉRATURE ANCIENNE.

TOME TROISIÈME.

A BRUXELLES,

ET DANS LES PRINCIPALES VILLES DE L'ÉTRANGER,

CHEZ TOUS LES LIBRAIRES.

—

1844.

COURS DE LITTÉRATURE.

PREMIÈRE PARTIE.
LITTÉRATURE ANCIENNE.

ÉLOQUENCE.

CHAPITRE III.

EXPLICATIONS DES DIFFÉRENTS MOYENS DE L'ART ORATOIRE, CONSIDÉRÉS PARTICULIÈREMENT DANS DÉMOSTHÈNE [1].

SECTION Ire. — DES ORATEURS QUI ONT PRÉCÉDÉ DÉMOSTHÈNE, ET DU CARACTÈRE DE SON ÉLOQUENCE.

Un trait remarquable dans l'histoire de l'esprit humain, c'est que ce sont deux républiques qui ont laissé au monde entier les modèles éternels de la poésie et de l'éloquence. C'est du sein de la liberté que se sont répandues deux fois sur la terre les lumières du bon goût

---

[1] Démosthène, né à Athènes l'an 381 avant J. C., étudia d'abord la philosophie, qu'il quitta pour l'art oratoire. Ses succès dans ce genre le firent placer à la tête du gouvernement. Dans

qui éclairent encore les nations policées de nos jours. On a très-improprement appelé *siècle d'Alexandre* celui qui a commencé à Périclès et qui finit sous ce fameux conquérant, dont les triomphes en Asie n'eurent assurément aucune part à la gloire littéraire des Grecs, qui expira précisément à cette époque avec leur liberté. De tous ces grands empires qui avaient précédé le sien, il n'est resté que le souvenir d'une puissance renversée ; mais les arts de l'imagination, le goût, le génie, ont été du moins le noble héritage que l'ancienne liberté nous a transmis, et que nous avons recueilli dans les débris de Rome et d'Athènes.

Ces arts si brillants, portés à un si haut point de perfection, eurent, comme toutes les choses humaines, de faibles commencements. Ce qui nous reste d'Antiphon, d'Andocide, de Lycurgue le rhéteur, d'Hérode, de Lesbonax, ne s'élève pas au-dessus de la médiocrité. Périclès, Lysias, Isocrate, Hypéride, Isée, Eschine, paraissent avoir été les premiers dans le second rang, car Démosthène est seul dans le sien. On remarque, dans ce qui nous reste d'Isocrate, une diction ornée, élégante, de la douceur, de la grâce, surtout une harmonie soignée, avec un scrupule qui est peut-être porté trop loin. Sa timidité

---

ce poste, il déconcerta tous les projets ambitieux de Philippe, roi de Macédoine. Antipater ayant exigé des Athéniens qu'on lui livrât tous les orateurs, il s'empoisonna l'an 322 avant J. C. Les Athéniens lui érigèrent une statue. Ses *Harangues* ont été traduites en français avec celles d'Eschine, par l'abbé Auger, en 6 vol. in-8°; nouvelle édition avec le texte grec en regard, revue et corrigée par Planche, 10 vol. in-8°.

naturelle et la faiblesse de son organe l'éloignèrent du barreau et de la tribune; mais il se procura une autre espèce d'illustration en ouvrant une école d'éloquence qui fut pendant plus de soixante ans la plus célèbre de toute la Grèce, et rendit de grands services à l'art oratoire, comme l'atteste Cicéron dans son jugement sur les orateurs grecs.

« C'est dans Athènes, dit-il, qu'exista le premier orateur, et cet orateur fut Périclès. Avant lui et Thucydide, son contemporain, on ne trouve rien qui ressemble à la véritable éloquence. On croit cependant que longtemps auparavant, le vieux Solon, Pisistrate et Clisthène avaient du mérite pour leur temps. Après eux, Thémistocle parut supérieur aux autres par le talent de la parole, comme par ses lumières en politique. Enfin Périclès, renommé par tant d'autres qualités, le fut surtout par celle de grand orateur. On convient aussi que, dans le même temps, Cléon, quoique citoyen turbulent, n'en fut pas moins un homme éloquent. A la même époque se présentent Alcibiade, Critias, Théramène : comme il ne nous reste rien d'aucun d'eux, ce n'est guère que par les écrits de Thucydide que nous pouvons conjecturer quel était le goût qui régnait alors. Leur style était noble, élevé, sentencieux, plein dans sa précision, mais par sa précision même un peu obscur. Dès que l'on s'aperçut de l'effet que pouvait produire un discours bien composé, bientôt il y eut des gens qui se donnèrent pour professeurs dans l'art de parler, Georgias de Léontin, Trasimaque de Calcédoine, Protagore d'Abdère, Prodique de l'île de Cos, Hippias d'Elée, et beaucoup d'autres, se firent un nom dans ce genre. Mais leur prétention ressemblait trop à la jactance; car ils se vantaient d'enseigner comment d'une mauvaise cause on pouvait en faire une bonne. C'est contre ces sophistes que s'éleva Socrate, qui employa pour les combattre toute la subtilité de la dialectique. Ses fréquentes leçons formèrent beaucoup de savants hommes, et c'est alors que la morale commença à faire partie de la philosophie, qui jusque-là ne s'était occupée que des sciences physiques.

» Tous ceux dont je viens de parler étaient déjà sur leur déclin lorsque parut Isocrate, dont la maison devint l'école de la Grèce : grand orateur, maître parfait, et qui, sans briller dans les tribunaux, sans sortir de chez lui, parvint à un degré de célébrité où, dans le même genre, nul ne s'est élevé depuis. Il écrivit bien, et apprit aux autres à bien écrire. Il connut mieux que ses prédécesseurs l'art oratoire dans toutes ses parties : mais surtout il fut le premier à comprendre que, si la prose ne doit point avoir le rhythme du vers, elle doit au moins avoir un nombre et une harmonie qui lui soient propres. Avant lui on ne connaissait aucun art dans l'arrangement des mots : quand cet arrangement était heureux, c'était un effet du hasard, car la nature elle-même nous porte à renfermer notre pensée dans un certain espace, à donner aux mots un ordre convenable, et à terminer nos phrases le plus souvent d'une manière plus ou moins nombreuse. L'oreille elle-même sent ce qui la remplit ou ce qui lui manque ; nos phrases sont coupées par les intervalles de la respiration, qui non-seulement ne doit pas nous manquer, mais qui même ne peut être gênée sans produire un mauvais effet. »

Cicéron parle ensuite de Lysias, d'Hypéride, d'Eschine ; et, après leur avoir payé le tribut d'éloges qu'ils méritent, il s'exprime ainsi : « Démosthène réunit la pureté de Lysias, l'esprit et la finesse d'Hypéride, la douceur et l'éclat d'Eschine ; et, quant aux figures de la pensée et aux mouvements du discours, il est au-dessus de tout; en un mot, on ne peut imaginer rien de plus divin. »

Cet éloge de la part de Cicéron est d'autant plus frappant, et la justice qu'il rend à Démosthène fait d'autant plus d'honneur à tous les deux, que les caractères de leur éloquence, comme je viens de le dire, sont absolument différents. Cicéron est, de tous les hommes, celui qui a porté le plus loin les charmes du style et les ressources du pathétique. C'est pourtant lui qui regarde Démosthène comme le premier des hommes dans l'éloquence judiciaire et délibérative, parce que nul ne va plus promptement et plus sûrement à son but, qui est d'entraîner la multitude ou les juges. C'est Cicéron qui vante la supériorité de Démosthène, l'élévation de ses idées et de ses sentiments, la dignité de son style et son impulsion victorieuse. Fénelon lui rend le même hommage et le préfère à Cicéron, que pourtant il aime infiniment, tant il était de la destinée de Démosthène de subjuguer en tout genre et ses juges et ses rivaux.

On sait tous les obstacles qu'il eut à vaincre, et tous les efforts qu'il fit pour corriger, assouplir, perfectionner son organe, et pour rendre son action oratoire digne de sa composition ; mais peut-être n'a-t-on pas fait assez d'attention à ce qu'il y avait de grand dans cette singulière idée, d'aller haranguer sur les bords de la mer pour s'exercer à haranguer ensuite devant le peuple. C'était avoir saisi, ce me semble, sous un point de vue bien juste, le rapport qui se trouve entre ces deux puissances également tumultueuses et imposantes, les flots de la mer et les flots d'un peuple assemblé.

Raisonnements et mouvements, voilà toute l'éloquence de Démosthène. Jamais homme n'a donné à la raison des armes plus pénétrantes, plus inévitables. La vérité est dans sa main un trait perçant qu'il manie avec autant d'agilité que de force, et dont il redouble sans cesse les atteintes. Il frappe sans donner le temps de respirer ; il pousse, presse, renverse, et ce n'est pas un de ces hommes qui laissent à l'adversaire terrassé le moyen de nier sa chute. Son style est austère et robuste, tel qu'il convient à une âme franche et impétueuse. Il s'occupe rarement à parer sa pensée : ce soin semble au-dessous de lui ; il ne songe qu'à la porter tout entière au fond de votre cœur. Nul n'a moins employé les figures de diction, nul n'a plus négligé les ornements ; mais dans sa marche rapide, il entraîne l'auditeur où il veut, et ce qui le distingue de tous les orateurs, c'est que l'espèce de suffrage qu'il arrache est toujours pour l'objet dont il s'agit, et non pas pour lui. On dirait d'un autre : Il parle bien ; on dit de Démosthène : Il a raison.

SECTION II. — DES DIVERSES PARTIES DE L'INVENTION, ORATOIRE, ET EN PARTICULIER : DE LA MANIÈRE DE RAISONNER ORATOIREMENT, TELLE QUE L'A EMPLOYÉE DÉMOSTHÈNE DANS LA HARANGUE POUR LA COURONNE.

L'invention oratoire consiste dans la connaissance et dans le choix des moyens de persuasion. Ils sont tirés généralement des choses ou des personnes ; mais la manière de les considérer n'est pas la même, à plusieurs égards, dans les délibérations politiques que dans les questions judiciaires. Dans celles-ci, de quoi s'agit-il d'ordinaire? Tel fait est-il constant? Est-il un délit? Quelle loi y est applicable? L'âge, la profession, les mœurs, le caractère, les intérêts, la situation de l'accusé, rendent-ils le fait probable ou improbable? Voilà le fond du genre judiciaire. Dans le délibératif, il s'agit, suivant les anciens rhéteurs, de ce qui est honnête, utile ou nécessaire. Mais Quintilien rejette ce dernier cas.

Les anciens faisaient une autre espèce de division générale. Le judiciaire, dit Cicéron, roule sur l'équité, le délibératif sur l'honnêteté, ou, en d'autres termes, l'un sur ce qui est équitable, l'autre sur ce qui est honnête.

Ainsi, pour éviter la confusion des idées dans

notre langue, nous dirons, en adoptant la division de Cicéron, que le judiciaire roule sur ce qui est de l'ordre légal, et le délibératif, sur ce qui est de l'ordre politique; et comme, dans l'un et dans l'autre, la justice, l'ordre moral et social sont également intéressés, nous en conclurons de nouveau que ces genres se rapprochent et se confondent dans les principes généraux, soit de la nature, soit de l'art, quoiqu'ils s'éloignent par la diversité des cas, qui doit déterminer celle des moyens oratoires.

Ces moyens sont : 1° les preuves déduites par le raisonnement, qui applique les principes aux questions; 2° les preuves tirées des faits qu'il s'agit d'établir ou de nier, ou d'expliquer suivant les règles de la probabilité, et tout cela suppose de la logique; 3° les autorités et les exemples, ce qui est d'un si grand pouvoir dans l'éloquence, et ce qui suppose la connaissance de l'histoire; 4° ce que les anciens ont nommé *lieux communs*, c'est-à-dire les vérités de morale et d'expérience, généralement applicables à toutes les actions humaines, les considérations tirées de l'instabilité des choses de ce monde, des dangers de la prospérité, de l'ivresse de la fortune, de la pitié qu'on doit au malheur, de l'orgueil de la richesse, des inconvénients de la pauvreté, et mille autres semblables dont le détail est infini, et que l'orateur doit placer suivant l'occasion, ce qui demande des vues philosophiques sur la condition humaine ; 5° enfin les sentiments et les passions, ce que les Latins appelaient *affectus*, et ce que nous avons extrêmement estreint par un mot qui n'en est point l'équivalent, le mot de *pathétique*, qui ne comprend ue l'indignation et la pitié, au lieu que le erme générique latin comprend toutes les affections de l'âme que l'orateur peut mettre en œuvre, comme favorables à sa cause ou à son opinion : la compassion et la vengeance, l'amour et la haine, l'émulation et la honte, la crainte et l'espérance, la confiance et le soupçon, la tristesse et la joie, la présomption et l'abattement; et c'est là ce qui est spécialement du grand orateur, et ce qui dépend surtout des mouvements du style : c'est en cette partie que Démosthène a excellé. Il n'a point fait usage du pathétique touchant, comme Cicéron : ses sujets ne l'y portaient pas; mais il a supérieurement manié le pathétique véhément, qui est plus propre au genre délibératif, comme l'autre au genre judiciaire. Vous voyez si j'ai eu tort de faire entrer l'histoire et la philosophie dans le plan d'un Cours de littérature, tel que doit le faire celui qui voudra être véritablement un homme de lettres; car un homme de lettres ne doit être nullement étranger au talent de la parole; et ce talent, pour s'élever à un certain degré, doit s'appuyer de toutes les connaissances que je viens d'indiquer.

Que sera-ce en effet qu'un orateur, s'il n'est pas logicien, s'il n'est pas accoutumé à saisir avec justesse la liaison ou l'opposition des idées; à marquer avec précision le point d'une question débattue; à démêler avec sagacité les erreurs plus ou moins spécieuses qui l'obscurcissent; à bien définir les termes; à bien appliquer le principe à la question, et les conséquences au principe; à rompre les filets d'un sophisme, dans lesquels se retranche l'ignorance ou s'enveloppe la mauvaise foi? Sans doute il doit laisser à la philosophie l'argumentation méthodique et la sèche dialectique, qui n'opèrent que la conviction. L'orateur prétend davantage : il veut persuader; car, si la résistance à la vérité n'est souvent qu'une erreur, plus souvent encore peut-être cette résistance est une passion, et c'est là l'ennemi le plus opiniâtre et le plus difficile à vaincre. Il faut donc que l'orateur, non-seulement nous montre le vrai, mais nous détermine à le suivre; non-seulement nous montre ce qui est honnête, mais nous détermine à le faire; et c'est pour cela que la logique oratoire doit joindre les mouvements aux raisonnements. Mais les mouvements ne seront puissants qu'autant que les raisonnements seront justes; et alors rien ne pourra résister à cette double force, faite pour tout entraîner. C'était celle de Démosthène, le plus terrible athlète qui jamais ait manié l'arme de la parole. Il se sert du raisonnement comme d'une massue dont il frappe sans cesse, et dont chaque coup fait une plaie.

Dans ce fameux procès *pour la Couronne*, où Démosthène avoit toute raison, Eschine s'était rejeté sur la teneur du décret du couronnement et sur le texte des lois, matière où la chicane des mots trouve toujours des ressources faciles; et l'accusateur, homme de beaucoup de talent, les

vait fait valoir avec toute l'adresse possible.
[U]ne loi défendait de couronner un comptable :
[i]l prétend que Démosthène l'est : d'où il conclut
[q]ue le décret est illégal et nul. Il se fondait sur
[c]e que Démosthène était encore chargé de l'ad[m]inistration des spectacles, et l'avait été de la
[r]éparation des murs d'Athènes. La première
[c]omptabilité n'avait aucun rapport au décret
[q]ui ne couronnait Démosthène que pour la gestion qui concernait la réparation des murs. Il est
[v]rai que pour cette dernière il n'avait rendu au[c]un compte ; mais il en avait une fort bonne rai[s]on, c'est qu'il avait presque tout fait à ses dé[p]ens ; et c'était précisément pour récompenser
[c]ette libéralité civique et reconnue que le sénat,
[b]ien loin de lui demander des comptes, lui avait
[d]écerné une couronne d'or. Mais Eschine s'était
[r]etranché dans le texte littéral, et de plus, avait
[a]ffecté de mêler et de confondre deux comptabi[l]ités fort distinctes, celle des spectacles et celle
[d]es murs : c'était bien là une matière de pur
[r]aisonnement. Vous allez voir comme Démosthène sait la rendre oratoire, comme il la relève
[p]ar la noblesse des pensées et des sentiments,
[e]n même temps qu'il fait rayonner l'évidence
[d]es principes et des faits par une logique lumi[n]euse :

« Si je passe sous silence la plus grande par[t]ie de ce que j'ai fait pour le bien de la répu[b]lique dans les différentes fonctions qu'elle m'a
[c]onfiées, c'est parce que ma conscience m'assure
[d]e la vôtre, et pour en venir plus tôt aux lois que
['o]n prétend avoir été violées par le décret de

Ctésiphon : Eschine a tellement embarrassé et obscurci tout ce qu'il a dit à ce sujet, qu'en vérité je ne crois pas que vous l'ayez compris mieux qu'il n'a pu se comprendre lui-même. A ces longues déclamations je répondrai, moi, par une déclaration nette et précise. Eh bien! je suis loin de le nier, que pendant ma vie entière je me tiens votre comptable, ô mes concitoyens! de tout ce que j'aurai fait dans l'administration des affaires publiques.

» Mais je soutiens en même temps qu'il n'y a aucune magistrature qui puisse me rendre comptable de ce que j'ai donné ; entends-tu, Eschine, de ce que j'ai donné! Et, je vous le demande, Athéniens, lorsqu'un citoyen a employé sa fortune pour le bien de l'État, quelle serait donc la loi assez inique, assez cruelle, pour le priver du mérite qu'il a pu se faire auprès de vous, pour soumettre ses libéralités à la forme rigoureuse des examens, et l'amener devant des réviseurs chargés de calculer ses bienfaits? Une pareille loi n'existe pas ; s'il en existe une, qu'on me la montre. Mais non, il n'y en a point, il ne saurait y en avoir. Eschine a cru vous abuser par un sophisme bien étrange : parce que je suis comptable des deniers que j'ai reçus pour l'entretien des spectacles, il veut que je le sois aussi de mes propres deniers, que j'ai donnés pour la réparation de nos murs. « Le sénat le couronne, s'écrie-t-il, et il est encore comptable ! » Non, le sénat ne me couronne pas pour ce qui exige des comptes, mais pour ce qui n'en comporte même pas, c'est-à-dire pour mon bien, dont j'ai fait présent à la république. « Mais, poursuit-il, vous avez été chargé de la reconstruction de nos murailles, donc vous devez compte de la dépense. » Oui, si j'en avais fait, mais c'est précisément parce que je n'en ai fait aucune, parce que j'ai fait tout à mes dépens, que le sénat a cru me devoir des honneurs. Un état de dépense demande en effet un examen ; mais, pour des dons, pour des largesses, il ne faut point de registres ; il ne faut que des louanges et de la reconnaissance. »

Prenons, dans ce même discours, un autre endroit où la logique de Démosthène avait beaucoup plus à faire ; c'était réellement le point délicat de la cause, celui où elle se présentait sous un aspect vraiment douloureux. Démosthène, qui, sans magistrature légale, était en effet le premier magistrat d'Athènes, et même des républiques alliées, puisqu'il gouvernait tout par ses conseils et animait tout par son éloquence, avait seul fait décréter la guerre contre Philippe ; et la guerre avait été malheureuse. On savait bien qu'il n'y avait pas de sa faute ; mais enfin, le malheur qui aigrit les hommes ne les rend-il pas injustes ! Le ressentiment n'est-il pas quelquefois aveugle ? N'est-on pas naturellement trop porté à s'en prendre à celui qui est la cause, innocente ou non, de nos infortunes ! Et, supposez qu'on lui pardonne, n'est-ce pas du moins tout ce qu'on peut faire ? Est-on bien disposé d'ailleurs à le récompenser et à l'honorer ? C'était là l'espérance d'Eschine et le fort de son accusation, le mobile de toutes ses attaques. Il paraît même qu'il n'avait osé hasarder tant de mensonges et de calomnies que dans la persuasion où il était qu'il accablerait Démosthène du poids des désastres publics, de manière à ce qu'il ne pût s'en relever, et c'est dans ce sens que la harangue *pour la Couronne* est d'autant plus admirée, qu'il y avait plus de difficultés à vaincre. Tous les événements étaient contre l'orateur : l'essentiel était de se sauver par l'intention, ce qui n'offrait pas une matière aussi facile que celle d'Eschine. Celui-ci avait à sa disposition tous ces lieux communs qui sont si puissants dans l'éloquence, quand l'application en est sous nos yeux : le sang des citoyens répandu, la dévastation des campagnes, la ruine des villes, le deuil des familles, et tant d'autres objets déplorables qu'il étale et développe avec tout ce que l'art a de plus insidieux, tout ce que l'indignation a de plus amer, tout ce que la haine a de plus perfide. Je ne m'occupe point encore ici des moyens de toute espèce que lui oppose Démosthène ; ils viendront à leur place. Je m'arrête à notre objet actuel, au raisonnement oratoire. Distinguer l'intention du fait était bien facile, mais ne suffisait pas à beaucoup près. Il fallait tellement la séparer de l'événement, la caractériser par des traits si frappants et si nobles, que Démosthène et les Athéniens parussent encore grands quand tout avait tourné contre eux. Nous verrons ailleurs l'article qui concerne particulièrement les Athéniens; mais pour Démosthène, il prend un parti dont la seule conception prouve la force de sa tête et les ressources de son génie. Il nie formellement qu'il ait été vaincu ; il affirme qu'il a été vainqueur, qu'il a réellement triomphé de Philippe ; et, ce qui est plus fort, il le prouve. Écoutons-le s'adresser à Eschine :

« Malheureux ! si c'est le désastre public qui te donne de l'audace quand tu devrais en gémir avec nous, essaie donc de faire voir, dans ce qui a dépendu de moi, quelque chose qui ait contribué à notre malheur, ou qui n'ait pas dû le prévenir. Partout où j'ai été en ambassade, les envoyés de Philippe ont-ils eu quelque avantage sur moi ? Non, jamais ; non, nulle part, ni dans la Thessalie, ni dans la Thrace, ni dans Byzance, ni dans Thèbes, ni dans l'Illyrie. Mais ce que j'avais fait par la parole, Philippe le détruisait par la force ; et tu t'en prends à moi ! et tu ne rougis pas de m'en demander compte ! Ce même Démosthène, dont tu fais un homme si faible, tu veux qu'il l'emporte sur les armées de Philippe, et avec quoi ! Avec la parole ? Car il n'y avait que la parole qui fût à moi : je ne disposais ni des bras ni de la fortune de personne ; je n'avais aucun commandement militaire : et il n'y a que toi d'assez insensé pour m'en demander raison ! Mais que pouvait, que devait faire l'orateur d'Athènes ? Voir le mal dans sa naissance, le faire voir aux autres ; et c'est ce que j'ai fait ; prévenir, autant qu'il était possible, les retards, les faux prétextes, les oppositions d'intérêts, les méprises, les fautes, les obstacles de toute espèce, trop ordinaires entre les républiques alliées et jalouses ; et c'est ce que j'ai fait ; opposer à toutes ces difficultés le zèle, l'empressement, l'amour du devoir, l'amitié, la concorde, et c'est ce que j'ai fait. Sur aucun de ces points, je défie qui que ce soit de me trouver en défaut, et si l'on me demande comment Philippe l'a emporté, tout le monde répondra pour moi : Par ses armes qui ont tout envahi, par son or qui a tout corrompu. Il n'était pas en moi de combattre ni l'un ni l'autre; je n'avais ni trésors ni soldats. Mais pour ce qui est de moi, j'ose le dire, j'ai vaincu Philippe; et comment? En refusant ses largesses, en résistant à la corruption. Quand un homme s'est laissé acheter, l'acheteur peut dire qu'il a triomphé de lui; mais celui qui demeure incorruptible peut dire qu'il a triomphé du corrupteur. Ainsi donc, autant qu'il a dépendu de Démosthène, Athènes a été victorieuse, Athènes a été invincible. »

N'est-ce pas là le chef-d'œuvre de l'argumentation oratoire ? N'entendez-vous pas d'ici les acclamations qui ont dû suivre un si beau morceau ? et ne concevez-vous pas que rien n'a dû résister à un génie de cette force ? Remarquez toujours, ce que je ne saurais faire remarquer trop souvent, que, pour employer des moyens de ce genre, il faut les trouver dans son âme ; elle seule peut les donner : l'art peut apprendre à les disposer et à les orner, mais il ne saurait les fournir. C'est à l'orateur surtout que s'applique ce mot heureux et si souvent cité de Vauvenargues : « *Les grandes pensées viennent du cœur.* » Je dirai donc à celui qui voudra devenir éloquent : Commencez à être un bon citoyen, c'est-à-dire un honnête homme; car l'un ne va pas sans l'autre. Aimez-vous, avant tout, la patrie, la justice et la vérité? Vous sentez-vous incapable de les trahir jamais pour quelque intérêt que ce soit? La seule idée de flatter un moment le crime, ou de méconnaître la vertu vous fait-elle reculer de honte et d'horreur? Si vous êtes tel, parlez, ne craignez rien. Si la nature vous a donné du talent, vous pourrez tout faire; si elle vous en a refusé, vous ferez encore quelque chose, d'abord votre devoir, ensuite un bien réel, celui de donner un bon exemple aux autres, et à la bonne cause un défenseur de plus.

Rollin observe avec raison que la seule chose qui puisse nous blesser dans cette immortelle harangue, ainsi que dans celle d'Eschine, c'est la profusion d'injures personnelles, que, dans plus d'un endroit, se permettent les deux concurrents. Mais il est juste d'observer aussi qu'elles étaient autorisées par les mœurs républicaines, moins délicates sur ce point que les nôtres, et que par conséquent ni l'un ni l'autre n'a manqué au précepte de l'art, qui défend de violer les convenances reçues.

Ce qui manque à ceux qui n'ont d'autres facultés que celles de leur âme, c'est surtout la méthode et le raisonnement; c'est cette série d'idées fortifiées les unes par les autres, cette accumulation de preuves qui vont toujours en s'élevant, jusqu'à ce que l'orateur, dominant de haut, et comme d'un centre lumineux, finisse par donner une secousse impétueuse à tout cet amas, et en écrase ses adversaires : c'est alors que les mouvements, comme je l'ai déjà indiqué, décident la victoire ; mais il faut que les raisonnements l'aient préparée, sans cela les mouvements heurtent et ne renversent pas.

C'est la tactique de Démosthène dans ses harangues délibératives, qui forment la plus grande partie de ses ouvrages, et qui, sous différents titres, sont toutes véritablement des *Philippiques*, puisqu'elles ont toutes le même objet, celui de réveiller l'indolence des Athéniens, et de les armer contre l'artificieuse ambition de Philippe, qui avait formé le hardi projet de dominer dans la Grèce.

On doit comprendre sous ce nom, non seulement les quatre harangues qui portent spécialement le titre de *Philippiques*, mais toutes celles qui ont pour objet les démêlés de Philippe avec les Grecs et les Athéniens, telles que les trois qu'on nomme ordinairement *les Olynthiaques*, celle qui roule *sur la Paix* proposée par le roi de Macédoine, celle qui fut prononcée à l'occasion d'une *Lettre* de ce même prince, et celle qui est intitulée *de la Chersonèse*. Cela compose dix harangues, et cette dernière est, à mon gré, la plus belle : mais toutes peuvent être regardées comme des modèles.

Le mérite des *Philippiques* est celui qui appartient proprement à l'éloquence délibérative, une discussion animée, pressante, lumineuse ; une série de raisonnements qui se fortifient les uns par les autres, et ne laissent ni le temps de respirer, ni l'idée de contredire ; des formes simples, quelquefois même familières, mais de cette familiarité décente, et en quelque sorte noble, qui, avec la précision, la pureté et la rapidité de la diction, composaient ce que les anciens appelaient atticisme.

La plus fameuse des *Philippiques* est la sixième, qui a pour titre *de la Chersonèse ;* elle n'est pas longue, et jamais orateur ne fut moins diffus que Démosthène. Il est vrai qu'en cela le goût des Athéniens servait de règle et de mesure aux harangueurs. Ce peuple ingénieux et délicat n'aimait pas qu'on abusât de son loisir, ni qu'on se défiât de son intelligence. Il se piquait d'entendre pour ainsi dire à demi-mot, et il lui arrivait d'interrompre, à la tribune, ceux qui n'allaient pas au fait. On peut juger de cette espèce de sévérité par un mot de Phocion. Il était renommé par une concision singulière et par une diction austère et âpre comme ses mœurs. Son laconisme énergique l'emporta plus d'une fois sur l'atticisme de Démosthène, qui disait de lui : *C'est une hache qui coupe mes discours.* Phocion, un jour qu'il était monté à la tribune, paraissait fort rêveur ; et comme on lui en demandait la cause : *Je songe, dit-il, comment je ferai pour abréger ce que j'ai à dire.*

CHAPITRE IV.

DE LA DIFFÉRENCE DE CARACTÈRE ENTRE L'ÉLOQUENCE DE DÉMOSTHÈNE ET CELLE DE CICÉRON, ET DES RAPPORTS DE L'UNE ET DE L'AUTRE AVEC LE PEUPLE D'ATHÈNES ET CELUI DE ROME.

Nous avons entendu Démosthène dans les deux genres d'éloquence, le judiciaire et le délibératif, et nous avons vu que dans l'un et dans l'autre sa logique était également pressante, et ses mouvements de la même impétuosité. Cicéron procède, en général, d'une manière différente : il donne beaucoup aux préparations ; il semble ménager ses forces en multipliant ses moyens : il n'en néglige aucun, non-seulement de ceux qui peuvent servir à sa cause, mais même de ceux qui ne vont qu'à la gloire de son art ; il ne veut rien perdre, et n'est pas moins occupé de lui que de la chose. C'est sans doute pour cela que Fénelon, dont le tact est si délicat, préférait Démosthène, comme allant plus directement au but. Quintilien, au contraire, paraît préférer Cicéron, et l'on sait qu'entre deux orateurs d'une telle supériorité, la préférence est plutôt une affaire de goût que de démonstration.

J'avais toujours préféré Cicéron, et je le préfère encore comme écrivain ; mais depuis que j'ai vu des assemblées délibérantes, j'ai cru sentir que la manière de Démosthène y serait peut-être plus puissante dans ses effets que celle de Cicéron.

Remarquez que tous deux ne sont plus pour nous, à proprement parler, que des écrivains ; nous ne les entendons pas, nous les lisons ; ils ne sont plus là pour nous persuader, mais pour nous plaire. Tous deux ont eu les mêmes succès, et ont exercé le même empire sur les âmes ; mais aujourd'hui je conçois très-bien que Cicéron, qui a toutes les sortes d'esprit et toutes les sortes de style, doit être plus généralement goûté que Démosthène, qui n'a pas cet avantage. Cicéron est devant des lecteurs ; il leur donne plus de jouissances diverses ; il peut l'emporter : devant des auditeurs, nul ne l'emporterait sur Démosthène, parce qu'en l'écoutant, il est impossible de ne pas lui donner raison ; et certainement c'est là le premier but de l'art oratoire.

Ne pourrait-on pas encore observer d'autres motifs de disparité, tirés de la différence des gouvernements et du caractère des peuples à qui tous deux avaient affaire ?

Le peuple athénien était volage, inappliqué, amoureux du repos, idolâtre des plaisirs, confiant dans sa puissance et dans son ancienne gloire. Il avait besoin d'être fortement remué ; et quoique la manière de Démosthène fût sans doute le résultat des qualités naturelles de son talent, elle dut aussi être modifiée, jusqu'à un certain point, par la connaissance qu'il avait de ses auditeurs ; et cette étude était trop importante pour échapper à un homme d'un aussi excellent esprit que le sien. Il songea donc à frapper fort sur cette multitude inattentive, sachant bien que, s'il lui donnait le temps de respirer, s'il lui permettait de s'occuper des agréments de son style et des beautés de sa diction, tout était perdu.

Aussi, quand il avait entraîné le peuple, il avait tout fait : on le chargeait sur-le-champ de rédiger le décret suivant la formule ordinaire, qui en laissait à l'orateur et l'honneur et le danger : *De l'avis de Démosthène, le peuple d'Athènes arrête et décrète,* etc. Nous avons encore une foule de ces décrets, conservés chez les historiens et les orateurs de la Grèce.

Il n'en était pas de même à Rome : il y avait une concurrence de pouvoir et une complication d'intérêts divers à ménager. Quoique la souveraineté résidât de fait dans le peuple, sans être théoriquement établie comme elle l'a été chez les modernes, le gouvernement habituel appartenait au sénat, si ce n'est dans les occasions où les tribuns portaient une affaire devant le peuple assemblé, et faisaient passer un plébiscite ; et dans ce cas, le sénat même y était soumis. Pour ce qu'on appelait une loi, il fallait réunir le consentement du peuple et du sénat ; et de là ces fréquentes divisions entre les deux ordres, dans lesquelles le peuple eut presque toujours l'avantage, et ce qui est plus remarquable, presque toujours raison. Mais ce qui prouve que la théorie de la souveraineté du peuple n'était pas très-clairement connue, c'est que tous les actes publics portaient textuellement : *Senatus populusque romanus.*

Les affaires étaient donc souvent traitées en

même temps, et dans le sénat et devant le peuple, et la différence d'auditoire devait en mettre dans l'éloquence. De plus, il y avait des citoyens si puissants, qu'ils faisaient seuls, et par leur crédit particulier, un poids considérable dans la balance des délibérations publiques, et l'orateur devait avoir égard à toutes ces considérations.

Le peuple romain était beaucoup plus sérieux, plus réfléchi, plus mesuré, plus moral que celui d'Athènes. On peut dire même que, de tous les peuples libres de l'antiquité, il n'en est pas un qui puisse lui être comparé. Il a donné des exemples sans nombre de cette modération qui semble ne pas appartenir à une multitude, dont les mouvements ont ordinairement d'autant moins de mesure, qu'ils ont par eux-mêmes plus de force; et l'on sait que la modération n'est autre chose que la mesure juste de toutes les affections, de tous les devoirs et de toutes les vertus.

Ce peuple était fier, et il avait raison ; il sentait sa force et n'en abusait pas : c'est la véritable énergie : c'est avec celle-là qu'on fait de grandes choses.

La corruption régnait dans Rome au temps de Cicéron ; mais il est juste d'avouer encore qu'elle était infiniment plus sensible chez les grands que chez le peuple. L'immoralité des principes n'eût pas été supportée dans la tribune aux harangues : elle le fut quelquefois dans le sénat, et se montra souvent dans sa conduite. Mais aussi, dans aucun temps, la fierté du peuple et la sévérité romaine n'auraient pu s'accommoder des objurgations amères et humiliantes que Démosthène adressait aux Athéniens. Caton seul se les permit quelquefois, et on le pardonnait à son stoïcisme reconnu : on respectait sa vertu sans estimer sa politique, qui en effet était médiocre. Il rendit peu de services, parce qu'il manquait de cette mesure dont je parlais tout à l'heure, et que Tacite appelle *tenere ex sapientiâ modum.* Cicéron en rendit de très-grands pendant toute sa vie, et mérita d'être appelé Père de la patrie.

D'après ces observations, on ne sera pas étonné des deux caractères dominants dans l'éloquence délibérative de Cicéron, l'insinuation et l'ornement : l'insinuation, parce qu'il avait à ménager, soit dans le sénat, soit devant le peuple, soit dans les tribunaux, une foule de convenances étrangères à Démosthène ; l'ornement, parce que la politesse du style, qui n'était introduite à Rome que depuis la conquête de la Grèce, était une sorte d'attrait qui se faisait sentir plus vivement à mesure que tous les arts de goût et de luxe étaient plus accrédités dans Rome. Au milieu des jouissances de toute espèce, celles de l'esprit et de l'oreille étaient devenues une véritable passion. On attachait un grand prix à la diction, surtout dans les tribunaux, où les plaidoiries étaient prolongées comme pour l'amusement des juges, plus plus encore que pour leur instruction.

Cicéron s'attacha donc extrêmement à l'élégance et au nombre. Il savait que l'on se faisait une fête de l'entendre dans le Forum, que tous ses discours étaient enlevés dans le sénat par la même méthode que nous employons aujourd'hui, par des *tachygraphes,* que l'on nommait en latin *notarii* et *librarii.* Ainsi, quoique l'élocution fût également regardée par les Grecs et les Romains comme la partie la plus essentielle et la plus difficile de l'art oratoire, parce qu'on y comprenait, dans le langage des rhéteurs, non-seulement toutes les figures de diction qui en sont l'ornement, mais toutes les figures de pensée qui en sont l'âme, je conçois que Cicéron ait pu mettre plus de soin que Démosthène dans ce qu'on appelle le fini des détails, et qu'il ait recherché la parure et la richesse d'expression en raison de ce qu'on attendait de lui. Cela est si vrai, que ceux qui se piquaient d'être amateurs de l'atticisme, reprochaient à Cicéron d'être trop orné ; et Quintilien, son admirateur passionné, s'est cru obligé de le justifier sur ce point, et de réfuter ces prétendus attiques, qui en effet allaient trop loin.

La gravité des délibérations du sénat, nécessairement différentes de celles du peuple, toujours un peu tumultueuses, ne comportait pas d'ordinaire toute la véhémence, toute la multiplicité de mouvements qui était nécessaire à Démosthène pour fixer l'attention et l'intérêt des Athéniens. Aussi les *Philippiques* de Cicéron sont-elles généralement beaucoup moins vives que celles de l'orateur grec. La seconde, qui est la plus forte de toutes, ne fut pas prononcée ; elle n'est pas du même genre que les autres : c'est une violente invective contre Antoine, en réponse à celle que le triumvir avait vomie contre lui en son absence, au milieu du sénat. Dans les autres, qui ont pour objet de faire déclarer Antoine ennemi de la patrie, et d'autoriser Octave à lui faire la guerre. Cicéron n'avait pas, à beaucoup près, autant d'obstacles à vaincre que Démosthène. Le sénat, au moins en grande partie, étaient contre Antoine, et il ne s'agissait guère que de diriger ses mesures, de lui inspirer de la fermeté et de la résolution, et de le rassurer contre la défiance qu'on pouvait avoir d'Octave. Cicéron fit ce qu'il voulut, et rédigea tous les décrets.

S'il se rapprocha quelquefois, dans les délibérations de sénat, de la véhémence de Démosthène, c'est quand il eut en tête des ennemis déclarés, tels que Catilina, Clodius, Pison, Vatinius. Il réservait d'ailleurs les foudres de l'éloquence pour les combats judiciaires : c'est là qu'il avait devant lui une carrière proportionnée à l'abondance et à la variété de ses moyens : c'est là le triomphe de son talent. Mais en cette partie même, il diffère de Démosthène, en ce que celui-ci va toujours droit à l'ennemi, toujours heurtant et frappant; au lieu que Cicéron fait, pour ainsi dire, un siége en forme, s'empare de toutes les issues, et se servant du discours comme d'une armée, enveloppe son ennemi de toutes parts, jusqu'à ce qu'enfin il l'écrase. Mais, avant d'entrer dans le détail de ses ouvrages, il faut voir ce que l'éloquence romaine avait été jusqu'à lui.

CHAPITRE V.

OUVRAGES ORATOIRES DE CICÉRON.

Cicéron, dans son *Traité des Orateurs célèbres*, où il s'entretient avec Atticus et Brutus, après avoir parlé des Grecs qui se distinguèrent dans l'éloquence, depuis Périclès jusqu'à Démétrius de Phalère, qui, avec beaucoup de mérite, commença pourtant à faire sentir quelque altération dans la pureté du goût attique, et marqua le premier degré de la décadence, vient à ceux des Romains qui, dès les premiers temps de la république, s'étaient fait un nom par le talent de la parole. Il en trace une énumération assez étendue pour nous faire comprendre combien cet art avait été longtemps cultivé sans faire de progrès remarquables, jusqu'au temps de Caton le Censeur et jusqu'aux Gracches, les seuls qu'il caractérise de manière à laisser d'eux une assez grande idée, non pas celle de la perfection (ils en étaient encore loin), mais celle du génie qui n'est pas encore guidé par l'art, ni poli par le goût. La véhémence et le pathétique étaient le caractère des Gracches; la gravité et l'énergie, celui de Caton; mais tous trois manquaient encore de cette élégance, de cette harmonie, de cet art d'arranger les mots et de construire les périodes, toutes choses qui occupent une si grande place dans l'art oratoire, non moins obligé que la poésie de regarder l'oreille comme le chemin du cœur. Les Gracches paraissent avoir été du nombre de ceux qui furent instruits les premiers dans les lettres grecques, que l'on commençait à connaître dans Rome. L'histoire nous apprend qu'ils durent cette instruction, alors assez rare, à l'excellente éducation qu'ils reçurent de leur mère Cornélie. Mais la langue latine n'était pas encore perfectionnée : elle ne le fut qu'au viie siècle de Rome, à l'époque ou fleurirent Antoine, Crassus, Scœvola, Sulpitius, Cotta, que nous avons vus tous jouer un grand rôle dans les dialogues de Cicéron *sur l'Orateur*. L'éloge qu'il en fait n'est fondé en partie que sur une tradition qui se conservait facilement parmi tant d'auditeurs et de juges ; car plusieurs n'avaient rien écrit, et ceux dont les ouvrages étaient entre les mains de Cicéron n'ont pu échapper à l'injure des temps. Nous ne les connaissons que par le témoignage honorable qu'il leur rend ; en sorte que toute l'histoire de l'éloquence romaine et tous les monuments qui nous en restent, sont, pour nous, renfermés à la fois dans les écrits de Cicéron.

Lorsqu'il parut dans la carrière oratoire, Hortensius y tenait le premier rang : on l'appelait le Roi du barreau. Cicéron, dès les premiers pas qu'il fit, rencontra cet illustre adversaire, eut la gloire de lutter contre lui avec avantage, et de mériter son estime et son amitié. Mais lui-même nous apprend (et son impartialité connue le rend très-croyable) qu'Hortensius ne soutint pas sa réputation jusqu'au bout. On vit Hortensius baisser à mesure que Cicéron s'élevait. Cette concurrence inégale jeta quelque nuage dans leur liaison. Cicéron crut avoir à se plaindre de lui dans le temps de son exil ; ce qui ne l'empêcha pas de lui payer, à sa mort, le tribut des regrets qu'un aussi bon citoyen que lui ne pouvait refuser au mérite d'un rival et à l'intérêt de l'état qui les avait souvent réunis dans le même parti.

Le plus beau triomphe qu'il remporta sur lui fut dans l'affaire de Verrès, et je dois observer auparavant, pour la gloire de notre orateur, que, dans cette cause, comme dans beaucoup d'autres dont il se chargea, il y avait autant de courage à entreprendre que d'honneur à réussir. Il était venu dans des temps de trouble et de corruption : la brigue, le crédit, le pouvoir l'emportaient souvent dans les tribunaux sur l'équité : souvent l'oppresseur était si puissant, que l'opprimé ne trouvait point de défenseur. C'est ce qui était arrivé, par exemple, dans le procès de Roscius d'Amérie, qui, dans le temps où les proscriptions de Sylla faisaient taire toutes les lois, avait été dépouillé de ses biens par deux de ses parents qui avaient assassiné son père, quoiqu'il ne fût pas au nombre des proscrits, et qui, craignant ensuite que le fils ne revendiquât ses biens, avaient osé le charger du meurtre qu'eux-mêmes avaient commis, et intenter contre lui une accusation de parricide.

La conduite noble et courageuse que Cicéron tint à cette occasion fut dans la suite un des plus doux souvenirs qui aient flatté sa vieillesse. Il en parle à son fils avec complaisance, et lui cite son exemple comme une leçon pour tous ceux qui se destinent au même ministère, et qui doivent être bien convaincus que rien n'est plus propre à leur mériter de bonne heure la considération publique que ce dévouement généreux qui ne connaît plus de danger dès qu'il s'agit de protéger l'innocence. C'est le sentiment qui l'anime dans l'accusation contre Verrès. On employait tous les moyens possibles pour le soustraire à la sévérité des lois. Cicéron, à qui les Siciliens avaient adressé leurs plaintes, comme au protecteur naturel de cette province depuis qu'il y avait été questeur, était allé sur les lieux recueillir les témoignages dont il avait besoin contre l'accusé. Les preuves qu'il rapporta furent si claires, les dépositions si accablantes, les murmures de tout le peuple romain qui était présent se firent entendre avec tant de violence, qu'Hortensius, attéré, n'osa prendre la parole pour combattre l'évidence, et conseilla lui-même à Verrès de ne pas attendre le jugement et de s'exiler de Rome. Quand on lit le détail de ses crimes atroces et innombrables, dont un seul aurait mérité la mort, on est indigné que la jurisprudence romaine, digne d'éloges à tant d'autres égards, ait eu plus de respect pour le titre de citoyen romain que pour cette justice distributive qui proportionne le châtiment au délit, et qu'elle ait permis que tout citoyen qui se condamnait lui-même à l'exil fût regardé comme assez puni. Verrès cependant eut une fin malheureuse; mais ses crimes n'en furent que l'occasion, et non pas la cause. Après avoir mené dans son exil une vie misérable dans l'abandon et le mépris, il revint à Rome dans le temps des proscriptions d'Octave et d'Antoine; mais ayant eu l'imprudence de refuser à ce dernier les beaux vases de Corinthe et les belles statues grecques qui étaient le reste de ses déprédations en Sicile, il fut mis au nombre des proscrits, et Verrès périt comme Cicéron.

C'est la seule fois que ce grand homme, occupé sans cesse de défendre des accusés, se porta pour accusateur; et c'est aussi par cette remarque intéressante qu'il commence sa première Verrine. La tournure que prit cette affaire fut cause que, de sept harangues dont elle est le sujet, il n'y eut que les deux premières de prononcées. Cicéron écrivit les autres pour laisser un modèle de la manière dont une accusation doit être suivie et soutenue dans toutes ses parties. Les deux dernières Verrines, regardées généralement comme des chefs-d'œuvre, ont pour objet, l'une, les vols et les rapines de Verrès; l'autre, ses cruautés et ses barbaries. L'une est remarquable par la richesse des détails, la variété et l'agrément des narrations, par tout l'art que l'orateur emploie pour prévenir la satiété, en racontant une foule de larcins dont le fond est toujours le même; l'autre est admirable par la véhémence et le pathétique, par tous les ressorts que l'orateur met en œuvre pour émouvoir la pitié en faveur des opprimés, et exciter l'indignation contre le coupable.

Des quatre harangues de Cicéron contre Catilina, il y en a deux qui sont d'autant plus admirables, qu'on voit par la nature des circonstances, que l'orateur qui les prononça n'avait guère pu s'y préparer, et quoiqu'en les publiant il les ait sans doute revues avec le soin qu'il mettait à tout ce qui sortait de sa plume, le grand effet qu'elles produisirent, dès le premier moment, ne doit nous laisser aucun doute sur le mérite qu'elles avaient, lors même que l'auteur n'y avait pas mis la dernière main. On demandera peut-être comment il pouvait se souvenir des discours que son génie lui dictait sur-le-champ dans les occasions importantes, discours qui ne laissaient pas d'avoir quelque étendue. Les historiens nous apprennent de quel moyen Cicéron se servait. Il avait distribué dans le sénat des copistes qu'il exerçait à écrire, par abréviation, presque aussi vite que la parole. Cet art fut perfectionné dans la suite, et l'on voit que cette invention, longtemps perdue, et renouvelée de nos jours, appartient à Cicéron, quoique nous ne sachions pas précisément quel procédé il employait.

On aurait peine à concevoir comment parmi tant de fatigues qui lui permettaient à peine quelques heures de sommeil, le consul eût encore le loisir d'être avocat, et de composer un plaidoyer aussi bien travaillé que celui dont je vais parler, si l'on ne savait quelle prodigieuse facilité de travail il tenait de la nature et de l'habitude, et ce que peut l'homme qui s'est accoutumé à faire un usage continuel de son temps et de son génie. D'ailleurs, rien ne lui coûtait lorsqu'il croyait, en défendant un citoyen, défendre les intérêts de l'État; c'est ce qui arriva dans l'affaire de Muréna. Il était désigné consul pour l'année suivante, mais on l'accusait de brigue, et une condamnation juridique pouvait lui faire perdre la dignité qu'il avait obtenue. C'était un citoyen plein d'honneur et de courage, qui avait servi avec la plus grande distinction sous Lucullus, et très-attaché à Cicéron et à la patrie. Dans le trouble et le désordre où étaient les affaires publiques, il était de la dernière importance que la bonne cause ne perdît pas un tel appui, que Muréna entrât en charge au jour marqué, et qu'on ne fût pas exposé aux dangers d'une nouvelle élection. L'orateur romain avait tonné contre Verrès et Catilina avec toute la véhémence, tout le pathétique, toute l'énergie de l'éloquence animée par la vertu et la patrie. Ici son talent et son style se plient à un ton tout différent ; on passe du sublime au simple, il saisit habilement tous les caractères propres à ce genre de composition oratoire, l'art de la discussion, le choix des exemples, l'agrément des tournures, la finesse, la délicatesse, et même la gaieté, celle du moins que la nature de la cause peut comporter.

C'est ainsi que cet orateur habile tempérait, autant qu'il le pouvait, l'austérité du genre judiciaire ; par des épisodes, toujours heureusement placés, il délassait les juges de la fatigue des querelles du barreau, de l'amertume des controverses juridiques et de la criaillerie des avocats. Voilà ce qui rendait son éloquence si agréable aux Romains, et faisait recueillir avec tant d'avidité toutes ses harangues, dès qu'il les avait prononcées. Nul ne possédait au même degré que lui cet art de répandre de l'agrément sur les matières les plus sèches ; et la vraie marque de la supériorité, c'est de pouvoir ainsi se rendre maître de tous les sujets, et de savoir, en traitant tous les genres, avoir le ton et la mesure de tous.

C'est encore ce qu'il fit en plaidant la cause d'Archias, célèbre poëte grec, à qui l'on contestait fort mal à propos le titre de citoyen romain. Ce procès n'offrait que la discussion d'un fait très-simple, qui dépendait surtout de la preuve testimoniale, et n'exigeait que quelques minutes de plaidoirie. Le discours de Cicéron n'est tout au plus que d'une demi-heure de lecture, et le fait lui-même n'occupe pas quatre pages. Le reste est un éloge de la poésie et des lettres ; des avantages et des désagréments qu'on en retire, et des honneurs qu'on leur doit. Il semble que Cicéron, qui partout fait profession d'aimer extrêmement la poésie et ceux qui la cultivent, ait été bien aise d'avoir l'occasion de leur rendre un hommage. C'en était un bien flatteur pour Archias que de prendre sa défense. Cette cause ne demandait pas les efforts d'un orateur. Aussi le plaidoyer n'a-t-il presque rien de commun avec le genre judiciaire. Il tient beaucoup plus du démonstratif ; et après avoir vu Cicéron dans le sublime et dans le simple, on trouve dans ce plaidoyer, un exemple du style tempéré que caractérisent la grâce, la douceur et l'ornement. Un des plus beaux plaidoyers de Cicéron est celui qu'il prononça pour le tribun Sextius. Si jamais il parut égaler la véhémence impétueuse de Démosthène, c'est dans cette harangue, et surtout dans l'endroit où il rappelle le combat qui pensa être si fatal à Sextius.

Ce plaidoyer eut le succès qu'avaient ordinairement ceux de l'orateur : Sextius fut absous d'une voix unanime.

Il semblait qu'il fût de la destinée de Cicéron d'avoir à défendre tous ceux qui l'avaient défendu lui-même, mais il fut moins heureux pour Milon qu'il ne l'avait été pour tant d'autres. Ce n'est pas que sa cause fût mauvaise ; mais il faut avouer d'abord que les circonstances politiques, qui avaient tant d'influence sur les affaires judiciaires, ne lui furent pas favorables. Cette cause fut plaidée avec un appareil extraordinaire, et devant une multitude innombrable qui remplissait le Forum. Le peuple était monté jusque sur les toits pour assister à ce jugement, et des soldats armés, par l'ordre du consul Pompée, entouraient l'enceinte où les juges étaient assis. Les accusateurs furent écoutés en silence ; mais, dès que Cicéron se leva pour leur répondre, la faction de Clodius, composée de la plus vile populace, poussa des cris de fureur. L'orateur, accoutumé à des acclamations d'un autre genre, se troubla : il fut quelque temps à se remettre, et parvint avec peine à se faire écouter ; mais il ne put jamais revenir de cette première impression, qui affaiblit toute sa plaidoirie et ne lui permit pas de déployer tous ses moyens.

De cinquante juges, Milon n'en eut que treize pour lui ; tous les autres le condamnèrent à l'exil. Le discours de Cicéron est un chef-d'œuvre ; mais celui que nous avons n'est pas celui qu'il prononça. Il était trop intimidé pour avoir tant d'énergie. Aussi, lorsque Milon, qui soutenait son exil avec beaucoup de courage, reçut le plaidoyer que Cicéron lui envoyait, tel qu'il nous a été transmis, il lui écrivit : *Je vous remercie de n'avoir pas fait si bien d'abord : si vous aviez parlé ainsi, je ne mangerais pas à Marseille de si bon poisson.*

Cicéron, après avoir démontré, autant qu'il le peut, dans la première partie de son discours, que c'est Clodius qui était intéressé à faire périr Milon, et qui en a eu le dessein, dans la seconde il va plus loin ; et se servant de tous ses avantages, et rappelant tous les forfaits de Clodius, il soutient que, quand même Milon l'eût poursuivi ouvertement comme un ennemi public, bien loin d'être puni par les lois, il mériterait la reconnaissance du peuple romain.

« Si dans ce même moment Milon, tenant en sa main son épée encore sanglante, s'écriait : Romains, écoutez-moi ! écoutez-moi, citoyens ! Oui, j'ai tué Clodius ; c'est avec ce bras, c'est avec ce fer que j'ai écarté de vos têtes les fureurs d'un scélérat que nul frein ne pouvait plus retenir, que les lois ne pouvaient plus enchaîner ; c'est par sa mort que vos droits, la liberté, l'innocence, l'honneur sont en sûreté ! Si Milon tenait ce langage, aurait-il quelque chose à craindre ? Et, en effet, aujourd'hui, qui ne l'approuve pas ? Qui ne le trouve pas digne de louange ? Qui ne pense pas, qui ne dit pas tout haut que jamais homme n'a donné au peuple romain un plus grand sujet de joie ? De tous les triomphes que nous avons vus, nul, j'ose le dire, n'a répandu dans ces murs une plus vive allégresse, et n'a promis des avantages plus durables. »

Plus je relis cette admirable harangue, plus je me persuade, comme Milon, que si en effet Cicéron avait paru dans cette cause aussi ferme qu'il avait coutume de l'être, il l'aurait emporté sur toutes les considérations timides ou intéressées qui pouvaient agir contre l'accusé. C'est un coup de l'art, un trait unique que la péroraison de ce discours, une des plus belles qu'ait faite Cicéron. L'orateur, ne pouvant appeler la pitié sur celui qui la dédaignait, prend le parti de l'implorer pour lui-même, prend pour lui le rôle de suppliant, afin d'en répandre l'intérêt sur l'accusé, et rend à Milon toutes les ressources qu'il refusait, en lui laissant tout l'honneur de sa fermeté.

Si l'orateur manqua de résolution dans cette conjoncture, il en montra beaucoup contre Antoine, qui n'était pas moins l'ennemi de la république que le sien; et ce double intérêt lui dicta les fameuses harangues publiées sous le titre de *Philippiques*. Il les appela ainsi parce qu'elles ont pour objet d'animer les Romains contre Antoine, comme Démosthène animait les Athéniens contre Philippe. Elles sont au nombre de quatorze, et toutes d'une grande beauté. Mais la seconde surtout était fameuse chez les Romains; elle passait pour une œuvre divine : c'est ainsi que l'appelle Juvénal. Elle ne fut pourtant jamais prononcée; mais elle fut répandue dans Rome et dans l'Italie, et lue avec avidité. Antoine ne la pardonna jamais à l'auteur, et ce fut la principale cause de sa mort.

Les autres *Philippiques* sont du genre qu'on appelle délibératif, et la plupart ne sont que les avis que Cicéron énonçait dans le sénat, lorsqu'on y délibérait sur la conduite que l'on devait tenir à l'égard d'Antoine, qui assiégeait alors Décimus Brutus dans Modène. Je finirai cette analyse par quelques morceaux tirés du discours adressé devant le sénat, à César, dictateur, au moment où il venait d'accorder le rappel de Marcellus, qui avait été un de ses plus violents ennemis. Une partie de ce discours n'est autre chose que l'éloge de la clémence de César. Il est fait avec intérêt et noblesse, sans exagération et sans flatterie ; et ce que dit l'orateur en finissant est la meilleure réponse qu'on puisse faire à ceux qui lui ont reproché trop de complaisance pour César:

« C'est avec regret, César, que j'ai entendu souvent de votre bouche ce mot qui, par lui-même, est plein de sagesse et de grandeur : *J'ai assez vécu, soit pour la nature, soit pour la gloire.* Assez pour la nature, si vous voulez ; assez même pour la gloire, j'y consens ; mais non pas pour la patrie, qui est avant tout. Laissez donc ce langage aux philosophes qui ont mis leur gloire à mépriser la mort : cette sagesse ne doit point être la vôtre ; elle coûterait trop à la république. Sans doute vous auriez assez vécu si vous étiez né pour vous seul ; mais aujourd'hui que le salut de tous les citoyens et le sort de la république dépendent de la conduite que vous tiendrez, vous êtes bien loin d'avoir achevé le grand édifice qui doit être votre ouvrage : vous n'en avez pas même jeté les fondements. Est-ce donc à vous à mesurer la durée de vos jours sur le peu de prix que peut y attacher votre grandeur d'âme, et non pas sur l'intérêt commun? Et si je vous disais que ce n'est pas assez pour cette gloire même, que, de votre propre aveu et malgré tous vos principes de philosophie, vous préférez à tout? Quoi donc! me direz-vous : en laisserai-je si peu après moi? Beaucoup, César, et même assez pour tout autre; trop peu pour vous seul ; car à vos yeux rien ne doit être assez grand, s'il reste quelque chose au-dessus. Or, prenez garde que, si toutes vos grandes actions doivent aboutir à laisser la république dans l'état où elle est, vous n'ayez plutôt excité l'admiration que mérité la véritable gloire, s'il est vrai que celle-ci consiste à laisser après soi le souvenir du bien qu'on a fait aux siens, à la patrie et au genre humain. Voilà ce qui vous reste à faire ; voilà le grand travail qui doit vous occuper. Donnez une forme stable à la république, et jouissez vous-même de la paix et de la tranquillité que vous aurez procurées à l'État..... N'appelez pas votre vie celle dont la condition humaine a marqué les bornes, mais celle qui s'étendra dans tous les âges et qui appartiendra à la postérité. C'est à cette vie immortelle que vous devez tout rapporter. Elle a déjà dans vous ce qui peut être admiré, mais elle attend ce qui peut être approuvé et estimé. On entendra, on lira avec étonnement vos triomphes sur le Rhin, sur le Nil, sur l'Océan. Mais si la république n'est pas affermie sur une base solide par vos soins et votre sagesse, votre nom se répandra au loin, mais ne vous donnera pas dans l'avenir un rang assuré et incontestable. Vous serez chez nos neveux, comme vous avez été parmi nous, un sujet de division et de discorde; les uns vous élèveront jusqu'au ciel; les autres diront qu'il vous a manqué ce qu'il y a de plus glorieux, de guérir les maux de la patrie; ils diront que vos grands exploits peuvent appartenir à la fortune, et que vous n'avez pas fait ce qui n'aurait appartenu qu'à vous. Ayez donc devant les yeux ces juges sévères qui prononceront un jour sur vous, et dont le jugement, si j'ose le dire, aura plus de poids que le nôtre, parce qu'ils seront sans intérêt, sans haine et sans envie. »

Maintenant, je le demande à tous ceux qui ont fait un crime à Cicéron des louanges qu'il a données à César, est-ce là le langage d'un adulateur, d'un esclave? N'est-ce pas celui d'un homme également sensible aux vertus de César et aux intérêts de la patrie, et qui rend justice à l'un, mais qui aime l'autre; qui en louant l'usurpateur de l'usage qu'il fait de sa puissance, l'avertit que son premier devoir est de la soumettre aux lois. Pour bien louer Cicéron, a dit Tite-Live, il faut un autre Cicéron. A son défaut, écoutons Quintilien, qui dans un résumé sur les orateurs latins, s'exprime ainsi : « C'est sur tout dans l'éloquence que Rome peut se vanter d'avoir égalé la Grèce. En effet, à tout ce que celle-ci a de plus grand, j'oppose hardiment

Cicéron. Je n'ignore pas quel combat j'aurai à soutenir contre les partisans de Démosthène; mais mon dessein n'est pas d'entreprendre ici ce parallèle inutile à mon objet, puisque moi-même je cite partout Démosthène comme un des premiers auteurs qu'il faut lire ou plutôt qu'il faut savoir par cœur. J'observerai seulement que la plupart des qualités de l'orateur sont au même degré dans tous les deux, la sagesse, la méthode, l'ordre des divisions, l'art des préparations, la disposition des preuves, enfin tout ce qui tient à ce qu'on appelle l'invention. Dans l'élocution il y a quelque différence. L'un serre de plus près son adversaire, l'autre prend plus de champ pour combattre. L'un se sert toujours de la pointe de ses armes, l'autre en fait souvent sentir aussi le poids. On ne peut rien ôter à l'un, rien ajouter à l'autre. Il y a plus de travail dans Démosthène, plus de naturel dans Cicéron. Celui-ci l'emporte évidemment par la plaisanterie et le pathétique, deux puissants ressorts de l'art oratoire. Peut-être dira-t-on que les mœurs et les lois d'Athènes ne permettaient pas à l'orateur grec les belles péroraisons du nôtre; mais aussi la langue attique lui donnait des avantages et des beautés que la nôtre n'a pas. Nous avons des lettres de tous les deux : il n'y a nulle comparaison à en faire. D'un autre côté, Démosthène a un grand avantage; c'est qu'il est venu le premier, et qu'il a contribué en grande partie à faire Cicéron ce qu'il est. Il s'était attaché à imiter les Grecs, et nous a représenté, ce me semble, en lui seul, la force de Démosthène, l'abondance de

Platon et la douceur d'Isocrate. Mais ce n'est pas l'étude qu'il en a pu faire qui lui a donné ce qu'il y a dans chacun d'eux; il l'a tiré de lui-même et de cet heureux génie né pour réunir toutes les qualités. On dirait qu'il a été formé par une destination particulière de la Providence, qui voulait faire voir aux hommes jusqu'où l'éloquence pouvait aller. En effet, qui sait mieux développer la vérité? qui sait émouvoir plus puissamment les passions? quel écrivain eut jamais autant de charmes? Ce qu'il arrache de force, il semble l'obtenir de plein gré, et quand il vous entraîne avec violence, vous croyez le suivre volontairement. Il y a dans tout ce qu'il dit une telle autorité de raison, que l'on a honte de n'être pas de son avis. Ce n'est point un avocat qui s'emporte, c'est un témoin qui dépose, un juge qui prononce; et cependant tous ces différents mérites, dont chacun coûterait un long travail à tout autre que lui, semblent ne lui avoir rien coûté, et dans la perfection de son style, il conserve toute la grâce de la plus heureuse facilité. C'est donc à juste titre que, parmi ses contemporains, il a passé pour le dominateur du barreau, et que dans la postérité son nom est devenu celui de l'éloquence. Ayons-le donc toujours devant les yeux, comme le modèle que l'on doit se proposer, et que celui-là soit sûr d'avoir profité beaucoup qui aimera beaucoup Cicéron. »

J'ai cité cet excellent morceau d'autant plus volontiers, qu'il semble exprimer fidèlement ce que la lecture de Cicéron nous a fait éprouver à tous. Il paraît qu'il en était du temps de Quintilien comme du nôtre, où l'on dit un Cicéron pour un homme éloquent, comme nous disons aussi un César pour donner l'idée de la plus grande bravoure. Ces sortes de dénominations, devenues populaires après tant de siècles, n'appartiennent qu'à une prééminence bien généralement reconnue et sentie. Fénelon donne cependant l'avantage à Démosthène sur Cicéron, et il n'est pas, comme on voit, le seul de cet avis, puisqu'au temps où Quintilien écrivait, bien des gens pensaient de même. Voici le passage de Fénelon, qui mérite d'être cité :

« Je ne crains pas de dire que Démosthène me paraît supérieur à Cicéron. Je proteste que personne n'admire Cicéron plus que je ne fais. Il embellit tout ce qu'il touche ; il fait honneur à la parole ; il fait des mots ce qu'un autre n'en saurait faire ; il a je ne sais combien de sortes d'esprit. Il est même court et véhément toutes les fois qu'il veut l'être, contre Catilina, contre Verrès, contre Antoine ; mais on remarque quelque parure dans son discours. L'art y est merveilleux, mais on l'entrevoit. L'orateur, en pensant au salut de la république, ne s'oublie pas, et ne se laisse point oublier. Démosthène paraît sortir de soi, et ne voir que la patrie. Il ne cherche point le beau, il le fait sans y penser : il est au-dessus de l'admiration. Il se sert de la parole comme un homme modeste de son habit pour se couvrir. Il tonne, il foudroie. C'est un torrent qui entraîne tout. On ne peut le critiquer, parce qu'on est saisi. On pense aux choses qu'il dit, et non à ses paroles. On le perd de vue : on n'est occupé que de Philippe qui envahit tout. Je suis charmé de ces deux orateurs ; mais j'avoue que je suis moins touché de l'art infini et de la magnifique éloquence de Cicéron que de la rapide simplicité de Démosthène. »

Démosthène et Cicéron sont deux grands orateurs ; Quintilien et Fénelon, deux grandes autorités : qui oserait se rendre leur juge ? Assurément, ce ne sera pas moi. Je crois même qu'il serait difficile de réduire en démonstration la préférence qu'on peut donner à l'auteur de Rome ou à celui d'Athènes. C'est ici que le goût raisonné n'a plus de mesure bien certaine, et qu'il faut s'en rapporter au goût senti. Quand le talent est dans un si haut degré de part et d'autre, on ne peut plus décider, on ne peut que choisir : car enfin chacun peut suivre son penchant, pourvu qu'il ne le donne pas pour règle ; et, loin de mettre, comme on fait trop souvent, la moindre humeur dans ces sortes de discussions, il faut seulement se réjouir qu'il y ait dans tous les arts, des hommes assez supérieurs pour qu'on ne puisse pas s'accorder sur le droit de primauté. Et qu'importe en effet qui soit le premier, pourvu qu'il faille encore admirer le second ? Je les admire donc tous les deux ; mais je demande qu'il me soit permis, sans offenser personne, d'aimer mieux Cicéron. Il me paraît l'homme le plus naturellement éloquent qui ait existé ; et je ne le considère ici que comme orateur ; je laisse à part ses écrits philosophiques et ses lettres : j'en parlerai ailleurs ; mais, n'eût-il laissé que ses harangues, je le préférerais à Démosthène, non que je mette rien au-dessus du plaidoyer *pour la Couronne*, de ce dernier, mais ses autres ouvrages ne me paraissent pas, en général, de la même hauteur ; ils ont de plus une sorte d'uniformité de ton qui tient peut-être à celle des sujets ; car il s'agit presque toujours de Philippe : Cicéron sait prendre tous les tons ; et je ne saurais sans ingratitude refuser mon suffrage à celui qui me donne tous les plaisirs. Ce n'est pas qu'il me paraisse non plus sans défauts : il abuse quelquefois de la facilité qu'il a d'être abondant ; il lui arrive de se répéter ; mais ce n'est pas comme Sénèque, dont chaque répétition d'idée est un nouvel effort d'esprit : on pourrait dire de Cicéron qu'il déborde quelquefois parce qu'il est trop plein. Ses répétitions ne nous fatiguent point parce qu'elles ne lui ont pas coûté. Il est toujours si naturel et si élégant, qu'on ne sait ce qu'il faudrait retrancher : on sent seulement qu'il y a du trop. On a remarqué aussi qu'il affectionne certaines formes de construction ou d'harmonie qui reviennent souvent ; qu'excellent dans la plaisanterie, il la pousse quelquefois jusqu'au jeu de mots ; on abuse toujours un peu de ce dont on a beaucoup. Ces légères imperfections disparaissent dans la multitude des beautés ; et, à tout prendre, Cicéron est à mes yeux le plus beau génie dont l'ancienne Rome puisse se glorifier.

On a remarqué que Démosthène et Cicéron eurent une fin également tragique, et périrent victime de la patrie, après avoir vécu ses défenseurs.

APPENDICE,

OU NOUVEAUX ÉCLAIRCISSEMENTS SUR L'ÉLOQUENCE ANCIENNE, SUR L'ÉRUDITION DES XIV°, XV° ET XVI° SIÈCLES ; SUR LE DIALOGUE DE TACITE, *de Causis corruptæ eloquentiæ.*

On a prétendu que le règne de l'érudition avait plus contribué à étouffer le génie qu'à le développer. Cette opinion paraît plausible à quelques égards : il est sûr que la culture assidue des langues grecque et latine a dû conduire à une sorte de prédilection pour ces mêmes langues, et le latin en particulier devint celle de la plupart des écrivains de l'Europe. Allemands, Français, Espagnols, tous écrivirent en latin. On a cru y voir une des causes principales qui ont retardé les progrès du génie : j'avoue que cette opinion n'est pas la mienne. Il y a un fait remarquable, c'est que le Dante, Boccace et Pétrarque, ceux qui, parmi les Italiens, donnèrent les premiers l'essor à leur talent dans leur propre langue, avaient beaucoup écrit en latin, et c'est même en latin que Pétrarque a composé le plus grand nombre de ses écrits. Il est donc à présumer que l'étude des langues anciennes, bien loin d'étouffer leur talent, n'a servi qu'à le développer. On sait qu'ils florissaient tous trois au xive siècle, au temps de la prise de Constantinople, lorsque tout ce qui restait des lettres anciennes reflua vers l'Italie. *Pétrarque* fut même un des modernes qui s'occupa le plus laborieusement de la recherche des anciens manuscrits, et à qui l'on ait, en ce genre, le plus d'obligation. Maintenant, si *Bembo, Sadolet, Sanazar, Ange Politien, Pontanus* et autres, ne furent guère que des humanistes latins, et s'ils n'ont eu de réputation qu'à ce titre, n'est-il pas extrêmement probable que le génie a manqué à leur science, puisque avec les mêmes moyens que *le Dante, Boccace* et *Pétrarque*, ils n'ont pas eu les mêmes succès ? On en peut dire autant de *Muret*, notre plus fameux latiniste, et de ceux qui l'ont suivi.

Si nous passons aux Anglais, les querelles de religion et les troubles politiques paraîtront avoir retardé chez eux la littérature et la langue, sans qu'on puisse s'en prendre à la culture des langues anciennes, qui n'a fleuri chez eux qu'au moment où le génie national prenait l'essor ; et ce génie même ne s'est poli que par un commerce plus habituel avec les anciens et avec nous, au temps de Charles II.

Chez les Espagnols, *Lope de Vega, Cervantes*, ce dernier surtout n'était rien moins qu'étranger à l'érudition.

Pour ce qui regarde les Allemands, une disposition d'esprit particulière, qui les attache exclusivement aux sciences, a dû les détourner longtemps des lettres et des arts de l'imagination, et depuis qu'ils s'y sont essayés, on convient que leurs progrès y ont été médiocres.

Pour ce qui nous concerne, *Amyot* et *Montaigne*, qui n'attendirent pas pour écrire que leur langue fût formée, et qui imprimèrent à leurs écrits un caractère que le temps n'a pu effacer, étaient des hommes très-versés dans la littérature ancienne. Les écrits de *Montaigne* sont enrichis partout, et même chargés des dépouilles des anciens, et *Amyot* ne s'est immortalisé qu'en traduisant un historien grec, précisément à la même époque où *Ronsard* s'efforçait si ridiculement de transporter en français le grec et le latin. La vogue passagère de ce poëte put égarer un moment ceux qui auraient peut-être été capables de contribuer aux progrès de leur propre langue ; mais cette contagion fut de peu d'effet et de peu de durée, puisqu'un moment après, *Malherbe* découvrit notre rhythme poétique, d'où il suit que *Malherbe* eut assez de génie pour bien sentir celui de sa langue, et que ce génie manquait à *Ronsard* et aux poëtes qui composaient alors ce qu'on appelle la *Pléiade française.*

Je me résume, et je conclus, de l'examen des faits qui doivent guider tous les raisonnements et éclairer toutes les spéculations, que les hommes supérieurs en France et en Italie, qui les premiers dégrossirent le langage encore brut, lui donnèrent les premières beautés d'expressions, les premières formes heureuses, les premiers procédés réguliers, non-seulement ne trouvèrent pas d'obstacles, mais trouvèrent même de grands secours dans l'érudition. Sans doute, ils faisaient exception par rapport au reste de leurs contemporains, qui étaient si loin d'eux : les bons ouvrages ne parurent en foule, surtout parmi nous, que lorsque la langue se forma. C'est une vérité reconnue que le génie des écrivains ne se déploie tout entier que dans une langue qui est déjà fixée. Mais pour arriver jusque-là, je persiste à croire que l'étude des langues anciennes, non-seulement n'a pu nuire à ses progrès, mais y a été utile et nécessaire; que le génie n'étend ses vues et ses moyens qu'autant qu'il a devant lui un grand nombre d'objets de comparaison; que l'étude des langues, qui ne paraît d'abord que celle des mots, conduit, par une suite naturelle, à celle des choses; qu'en un mot, l'érudition, si elle n'entre pas communément dans le temple du Goût, du moins en aplanit le chemin et en ouvre le vestibule.

Voyons maintenant ce dialogue attribué à Tacite, intitulé *de Causis corruptæ eloquentiæ*, qui a été cité à l'occasion de la question élevée sur la ligne de démarcation entre les anciens et les modernes; question qui n'en est pas une pour nous, puisqu'à notre égard les anciens sont évidemment les Grecs et les Latins, dont nous avons tout appris et tout emprunté.

Ce dialogue n'est pas complet, il y a des lacunes; et ce que nous en avons, fait regretter ce que nous avons perdu. Les uns l'attribuent à Quintilien, les autres à Tacite : l'opinion la plus générale l'a laissé à ce dernier. Mais la question qui regarde les anciens et les modernes n'y est traitée qu'épisodiquement et sous un point de vue tout autre. On y compare les Romains aux Romains, et un âge des lettres latines à un autre âge, comme nous pourrions comparer le siècle présent au siècle dernier, ou bien le siècle dernier à celui de *Marot*, de *Montaigne*, de *Ronsard*. Ce dialogue présente quatre interlocuteurs : un amateur de la poésie, un amateur de l'éloquence, un détracteur des anciens, représenté comme un homme qui fait de ses opinions un jeu d'esprit, et un quatrième, Messala, qui vient vers le milieu du dialogue, et qui se range du côté des deux premiers.

On comptait ordinairement, au temps où ce dialogue fut composé, trois âges dans les lettres latines : celui d'Ennius, d'Accius, de Paccuvius, de Caton le Censeur, etc., lorsque la langue était encore rude et grossière; celui des Gracches, qui les premiers tempérèrent un peu la gravité romaine par la politesse des lettres grecques; enfin celui de Cicéron, dans lequel on comprend Crassus, Antoine, César, Célius, Hortensius; et Cicéron, qui les surpassa tous, donna son nom à cette époque, que depuis on regarda généralement comme celle du bon goût. Lorsque Tacite écrivait ce dialogue, sous le règne de Vespasien, le goût était extrêmement corrompu, et Sénèque y avait contribué plus que personne. Il avait séduit presque toute la jeunesse romaine par l'attrait de la nouveauté et le piquant de son style, dont elle ne sentait pas tous les défauts : la suite de ce Cours nous mettra à portée de les développer.

J'ai promis de répondre à d'autres difficultés que l'on m'a proposées par écrit, et je vais m'acquitter de cet engagement.

Je parlerai d'abord de ceux qui, rappelant les

abus de l'éloquence, ont mis en question si elle faisait plus de bien que de mal, et s'il ne fallait pas la proscrire plutôt que l'encourager; et j'observerai qu'il ne faudrait jamais poser de ces questions absolument oiseuses et résolues d'avance, il y a longtemps, par ce principe bien connu de tous les hommes qui ont réfléchi, que l'abus possible des meilleures choses est un vice attaché à la nature humaine, et même que l'abus est d'autant plus dangereux, que la chose en elle-même est meilleure, suivant cet axiome des anciens : *Corruptio optimi pessima*. Ainsi, dans le moral, on a abusé de la religion, de la philosophie, de la liberté, de l'éloquence, toutes choses excellentes en elles-mêmes; ainsi, dans le physique, on abuse de la force, de la santé, de la beauté, toutes choses excellentes en elles-mêmes. En conclura-t-on qu'il faut que parmi les hommes il n'y ait plus ni religion, ni philosophie, ni autorité légale, ni instruction? Si la Providence eût permis qu'un si horrible délire eût existé une fois chez un peuple, ce ne pourrait être que pour faire voir, par les monstrueux effets qui en auraient résulté, ce qui doit arriver à l'homme quand il veut sortir de sa nature, quand il prétend anéantir ou créer, oubliant que l'un et l'autre lui est également impossible, et qu'il doit tendre sans cesse à régler et à mesurer ce qui est à jamais de l'homme, au lieu de vouloir refaire l'homme; et l'histoire et la philosophie profiteraient sans doute, pour l'instruction des races futures, de cette leçon terrible donnée une fois à l'orgueil humain.

Que faut-il donc faire pour obvier, autant du moins qu'on le peut, à ces abus de ce qui est bon ? D'abord, renoncer à l'idée folle de détruire ou la chose ou l'abus ; l'un et l'autre est également hors de notre pouvoir : ensuite diriger l'usage de la chose de manière à ce que l'abus, nécessaire et inévitable, soit le moindre qu'il se pourra. La sagesse humaine ne va pas plus loin. Un de ceux qui m'ont écrit me demande si l'éloquence est autre chose que la raison elle-même. Oui, assurément, sans quoi tout homme raisonnable serait orateur : l'éloquence est la raison armée, et la raison a besoin d'armes : elle a tant d'ennemis ! Il prétend que la raison suffit pour conduire les hommes, et il oublie que les hommes ont des passions, et que le but de l'éloquence est d'exciter les passions nobles contre les passions basses. Le méchant fait le contraire, je l'avoue ; mais vous ne pouvez pas plus empêcher l'un que l'autre. Au reste, j'ai peine à comprendre l'à-propos de cette question, soit en général, soit en particulier. En général, dans ce que nous connaissons des orateurs anciens et modernes, le bon usage de l'éloquence l'emporte de beaucoup sur l'abus ; et pour ce qui nous regarde depuis la révolution, s'il croit que l'éloquence est pour quelque chose dans la masse de nos maux, il est loin de la vérité. Mais si d'un autre côté elle n'a pas fait, là où elle s'est rencontrée, tout le bien qu'elle pouvait faire, si elle n'a pas empêché tout le mal qu'ont fait la scélératesse et l'ignorance, c'est que l'éloquence seule ne suffit pas. Cicéron, s'il n'eût été qu'orateur, n'eût pas triomphé de

Catilina. Il fut homme d'État ; il eut à la fois et de la fermeté et de la politique ; il mit dans ses actions et dans ses moyens la même énergie que dans ses paroles, et Rome fut sauvée.

CHAPITRE VI.

DES DEUX PLINE.

L'éloquence romaine, entraînée dans la chute de la liberté publique, perdit tout ce qu'elle en avait emprunté, sa dignité, son élévation, son énergie, son audace, son importance. Elle ne pouvait plus se montrer la même dans les assemblées du peuple, qui n'avait plus de pouvoir : dans les délibérations d'un sénat esclave, elle devait rester muette, ou ne s'exercer qu'à l'adulation et à la bassesse : les tribunaux n'étaient plus dignes de sa voix, depuis que les jugements publics avaient perdu leur crédit et leur majesté, qu'on n'y discutait plus que de petits intérêts, et que tout le reste dépendait de la volonté d'un seul. C'est quand il s'agit de subjuguer toutes les volontés que l'orateur triomphe : quand tout est soumis à un maître, le talent de flatter devient le premier de tous ; car les talents des hommes tiennent toujours plus ou moins à leurs intérêts. Un État libre est le vrai champ de l'éloquence : il lui faut des adversaires, des combats, des dangers, des triomphes. C'est alors que ses efforts sont en proportion de ses espérances, que le génie trouve naturellement sa place ; il aime à écarter la foule pour arriver à son but, à marcher au milieu des obstacles et des difficultés, en voyant de loin les récompenses et les honneurs.

La poésie, quoiqu'elle ait, comme tous les arts, besoin de liberté, en est pourtant un peu moins dépendante que l'éloquence : elle est moins effrayée des tyrans, parce qu'elle-même les effraie un peu moins. Sa voix, moins austère, est plus consacrée au plaisir qu'à l'instruction, aux illusions qu'à la vérité; et le charme de ses jeux et de ses fables peut se faire sentir aux tyrans mêmes, s'ils ne sont pas stupides; encore faut-il qu'elle ait soin d'écarter de son langage et de ses intentions tout ce qui pourrait alarmer de trop près la conscience des méchants. Virgile, dans aucun de ses ouvrages, n'a fait l'éloge de la liberté : Lucain l'a osé faire; mais on sait comme il a fini. Ce n'est donc pas l'asservissement des Romains qui a porté le coup fatal à la poésie comme à l'éloquence : c'est seulement cette décadence presque inévitable qui suit de près la perfection; c'est cette corruption de goût et de principes, effet nécessaire de l'inquiétude et de la faiblesse naturelle à l'esprit humain, qui ne pouvant se fixer dans le bien, s'égare en cherchant le mieux.

Cependant, lors même que l'éloquence et la poésie étaient déjà fort dégénérées, plusieurs hommes de mérite leur conservèrent encore quelque gloire, et formèrent comme le troisième âge des lettres chez les Romains : en vers, Perse, Juvénal, Silius-Italicus, Stace, Martial, et surtout Lucain : dans la prose, Quintilien, Sénèque et les deux Pline. Je ne parle pas ici de Tacite, homme bien supérieur à tous ceux que je viens de nommer, homme à part, et qui seul, dans ce dernier âge, fut digne d'être comparé aux plus beaux génies de celui d'Auguste : j'en parlerai à l'article des historiens. Quintilien a déjà passé sous nos yeux ; nous avons vu les poëtes ; il reste à nous occuper des deux Pline, et d'abord de Pline le Jeune, parce que son *Panégyrique de Trajan* est le seul monument qui nous reste de ce siècle, et le seul qui puisse servir d'objet de comparaison avec le siècle précédent. Il se plaint souvent, dans ses ouvrages, de la décadence des lettres et du goût, ainsi que Tacite son ami, qui même écrivit sur ce sujet un ouvrage en dialogue, dont nous avons perdu une partie ; mais Tacite a l'avantage de n'être inférieur à personne dans le genre où il a travaillé : Pline, à qui l'on reprochait, de son temps, son admiration pour Cicéron, et sa sévérité pour ses contemporains, Pline, qui s'était proposé Cicéron pour modèle, est bien loin de l'égaler. Nous ne pouvons pas apprécier ses plaidoyers que nous n'avons plus ; mais, à juger par son *Panégyrique*, s'il suivait son goût en admirant Cicéron, il avait en composant une manière toute différente, et qui a déjà l'empreinte d'un autre siècle. Il a infiniment d'esprit : on ne peut même en avoir davantage ; mais il s'occupe trop à le montrer, et ne montre rien de plus. Il cherche trop à aiguiser toutes ses pensées, à leur donner une tournure piquante et épigrammatique ; et ce travail continuel, cette profusion de traits saillants, cette monotonie d'esprit produisent bientôt la fatigue. Il est, comme Sénèque, meilleur à citer par fragments qu'à lire de suite. Ce n'est plus, comme dans Cicéron, ce ton naturellement noble et élevé, cette abondance facile et entraînante, cet enchaînement et cette progression d'idées, ce tissu où tout se tient et se développe, cette foule de mouvements, ces constructions nombreuses, ces figures heureuses qui animent tout ; c'est un amas de brillants, une multitude d'étincelles qui plaît beaucoup pendant un moment, qui excite même une sorte d'admiration, ou plutôt d'éblouissement, mais dont on est bientôt étourdi. Il a tant d'esprit, et il en faut tant pour le suivre, qu'on est tenté de lui demander grâce et de lui dire. En voilà assez. On lui reproche, dans le *Panégyrique de Trajan,* d'épuiser la louange ; mais s'il a excédé les bornes, il n'a pas été au delà de la vérité. Il a le rare avantage de louer par des faits, et tous les faits sont attestés. L'histoire est d'accord avec le *Panégyrique,* et ce qu'il y a de plus heureux, au portrait d'un bon prince il oppose celui des tyrans qui l'avait précédé, et particulièrement de Domitien. On conçoit ce double plaisir que doit sentir une âme honnête à faire justice du crime en rendant hommage à la vertu, et à comparer le bonheur présent aux malheurs passés : ce contraste est le plus grand mérite de son ouvrage. On y trouve plusieurs autres morceaux qui offrent des leçons et des exemples utiles à présenter dans tous les temps. Mais celui où il fait le tableau de la punition des délateurs est d'une telle beauté, que si Pline avait toujours écrit de ce style, on pourrait peut-être le comparer à Cicéron.

Nous avons de Pline, outre ce *Panégyrique*, un recueil de Lettres [1], composé de dix livres, que l'auteur mit en ordre et publia, nous dit-il, à la prière de ses amis; c'est dire que ces lettres sont un ouvrage, et c'en est un en effet. Il ne faut donc pas s'attendre à y trouver cette aisance familière, cet épanchement intime, cet abandon qui est du genre épistolaire proprement dit. Ce ne sont point ici des lettres qui n'étaient pas faites pour être lues, et dont le charme tient surtout à cette curiosité naturelle à l'esprit humain, qui aime beaucoup à entendre ceux qui ne croient pas qu'on les écoute. Madame de Sévigné nous plaît dans ses Lettres parce qu'elle donne de l'intérêt aux plus petites choses; Cicéron, parce qu'il révèle le secret des grandes. Pline est auteur dans les siennes; mais il l'est avec beaucoup d'agrément et de variété. Tous ses billets sont écrits pour la postérité; mais elle les a lus, et cette lecture fait aimer l'auteur.

Si les lettres de Pline font honneur à son esprit par la manière dont elles sont écrites, les noms de ceux à qui elles sont adressées suffiraient pour faire l'éloge de son caractère. Ce sont les plus honnêtes gens et les hommes les plus célèbres par leurs talents, leurs mérites et leurs vertus, et les sentiments qu'il exprime

---

[1] M. Sacy en a donné une bonne traduction, en 3 vol. in-12 avec le texte latin, où se trouve le Panégyrique de Trajan; et en 2 vol. in-12, sans texte.

sont dignes de ses liaisons. Il intéresse également, et par les amis dont il regrette la perte, et par ceux qui jouissent avec lui du règne de Trajan ; il ne peut pas nous attacher, comme Cicéron, par le détail des intrigues et des révolutions du siècle le plus orageux de la république : un règne heureux et tranquille ne peut fournir cette espèce d'attrait à l'imagination, et cet aliment à la curiosité. En ce genre, tout ce qu'on peut faire de bonheur, c'est d'en jouir ; car il en est de l'histoire à peu près comme du théâtre, où rien n'intéresse moins que les gens heureux. Mais on trouve du moins dans Pline des traits et des anecdotes qui peignent les mœurs et les caractères. On y voit particulièrement la malignité cruelle des délateurs sous Domitien, et leur bassesse rampante sous Trajan ; car rien n'est si lâche et si vil que le méchant, dès qu'il ne peut plus faire du mal ; c'est une bête féroce à qui l'on a arraché les griffes et les dents, et qui lèche quand elle ne peut plus mordre.

Pline, qu'on a nommé *le Naturaliste* pour le distinguer du précédent, appartient plus, comme ce titre l'indique assez, à la physique et aux sciences naturelles qu'à la littérature ; mais, à ne le considérer même que comme écrivain, l'éloquence qu'il a répandue dans son ouvrage, l'imagination qui anime et colorie son style, lui donnent une place éminente parmi les auteurs du dernier âge des lettres romaines. On ne peut douter, et c'est son plus grand éloge, qu'il n'ait servi de modèle au célèbre auteur de notre

Histoire naturelle, qui, par la noblesse et l'élévation des idées, l'énergie de la diction, la richesse des peintures et la variété des détails, semble avoir voulu lutter contre lui. Lisez, dans Pline la description de l'éléphant et du lion, et vous croirez lire Buffon. Mais l'écrivain français l'emporte par la pureté du goût : on ne peut lui reprocher, comme à l'auteur latin, de tomber dans la déclamation, et d'être quelquefois dur et obscur en cherchant la précision et la force : ce sont là les défauts de Pline *le Naturaliste*. Son livre, d'ailleurs, est un monument précieux à tous égards, et on l'a nommé avec raison *l'Encyclopédie des anciens*. Il a servi à marquer pour nous le terme de leurs connaissances. Tout s'y trouve : astronomie, géométrie, physique générale et particulière, botanique, médecine, anatomie, minéralogie, agriculture, arts mécaniques, arts de luxe. La seule nomenclature des ouvrages que l'auteur cite, le nombre de ceux qu'il dit avoir lus, la plupart perdus aujourd'hui, et qui forment des milliers de volumes, suffit pour donner une idée effrayante de son travail ; et quand on pense qu'il avait composé une foule d'autres ouvrages que nous n'avons plus, que ce même homme fut toute sa vie occupé des affaires publiques, fit la guerre, fut chargé pendant plusieurs années du gouvernement d'une province, et qu'il mourut à cinquante-six ans, on ne concevrait pas comment il a pu suffire à tant d'objets, de lectures, de recherches et de fatigues, si Pline le Jeune, en nous traçant le plan de vie que suivait son oncle, ne nous eût fait voir en lui l'homme le plus laborieux qui ait jamais existé [1].

Nous avons une traduction complète de l'*Histoire naturelle* de Pline, traduction médiocre en elle-même, mais précieuse par les recherches d'érudition et de physique dont elle est accompagnée, et qui sont en partie le fruit des veilles de plusieurs savants, encouragés, il y a environ trente ans, à cette tâche pénible, par un de nos plus respectables magistrats, M. de Malesherbes, qui, chargé alors de présider à la littérature, semblait être placé dans le département que son goût aurait choisi et que la nature lui aurait indiqué, et qui, appelé aux grandes places par la renommée et par le choix du monarque, leur a préféré ce loisir noble et studieux, cette liberté à la fois passible et active, qui, pour les âmes douces et pures, sensibles à l'amitié, à la nature et aux arts, est la source de jouissances que rien ne peut corrompre, et d'un bonheur que rien ne peut troubler.

Cette traduction, en douze volumes in-4°, est plus faite pour les savants et les littérateurs que pour les gens du monde. Mais heureusement c'est à ceux-ci qu'on a songé lorsqu'on nous a donné deux volumes composés de morceaux les plus curieux de Pline *le Naturaliste*, choisis avec goût, classés avec méthode, et traduits avec une pureté, une élégance et une noblesse

---

[1] Pline *le Naturaliste* fut suffoqué par les flammes, l'an 79 de J. C., en voulant examiner de trop près l'embrasement du Vésuve. Le P. Hardouin a publié une bonne édition de son *Histoire naturelle*, qu'il a enrichie de notes savantes.

qui prouvent une connaissance réfléchie des deux langues. Cet ouvrage, qui est un véritable service rendu aux amateurs, est de M. l'abbé Guéroult[1], professeur de rhétorique au collége d'Harcourt, et fait honneur à l'Université, qui compte l'auteur parmi ses membres les plus distingués. On y trouve cette foule de détails instructifs sur les mœurs domestiques des Romains, sur leurs arts, sur leur luxe, et cette multitude de particularités historiques qui donnent un si grand prix à ce vaste monument que Pline nous a transmis.

[1] Le même traducteur avait donné en 1802 l'*Histoire naturelle des animaux*, de Pline, 3 vol. in-8º.

LIVRE TROISIÈME.
HISTOIRE, PHILOSOPHIE
ET LITTÉRATURE MÊLÉE.

CHAPITRE PREMIER.
HISTOIRE.

SECTION Ire. — HISTORIENS GRECS ET ROMAINS DE LA PREMIÈRE CLASSE.

L'histoire, dans les premiers temps, paraît n'avoir été confiée qu'à la poésie, qui parlait à l'imagination et se gravait dans la mémoire, ou aux monuments publics, qui semblaient propres à perpétuer le souvenir des grands événements. On les déposait sur l'airain, sur la pierre, sur les statues, sur les tombeaux, sur les médailles; et c'est ce qui fait que ces dernières, dont un grand nombre a échappé aux ravages du temps, sont devenus un objet de recherche pour les curieux d'antiquité, et ont servi souvent à éclaircir ou à constater les faits et les époques des siècles les plus reculés. L'ouvrage le plus anciennement rédigé en forme d'histoire que la littérature grecque nous ait transmis (car il n'est ici question ni des livres sacrés, ni des écrivains orientaux), est celui d'Hérodote, nommé par cette raison *le Père de l'histoire*[1].

C'est à lui que l'on doit le peu que nous connaissons des anciennes dynasties des Mèdes, des Perses, des Phéniciens, des Lydiens, des Grecs, des Égyptiens, des Scythes. Il vivait environ cinq siècles avant l'ère chrétienne, et avait voyagé dans l'Asie Mineure, dans la Grèce et dans l'Égypte. Les noms des neuf Muses, donnés par ses contemporains aux neuf livres qui composent son *Histoire*, sont un témoignage de l'estime qu'en faisaient les Grecs, à qui l'auteur en fit la lecture dans l'assemblée des jeux Olympiques; cet honneur qu'on lui rendit doit aussi leur donner un caractère d'autorité; non qu'il faille conclure que tous les faits qu'il rapporte sont incontestables. Puisque nos histoires modernes ne sont pas elles-mêmes à l'abri de la critique, à plus forte raison ce qui n'est fondé que sur des traditions si éloignées est-il soumis à la discussion, et susceptible de laisser des doutes. D'ailleurs, le goût si connu des Grecs pour le merveilleux et pour les fables, goût qui leur a été si souvent reproché par les écrivains latins, peut rendre suspecte leur véracité.

Après Hérodote, dont on estime la clarté, l'élégance et l'agrément, mais en qui l'on désire plus de méthode, plus de développements, plus de critique, parut Thucydide[2], qui a écrit

[1] Il était né à Halicarnasse, l'an 484 avant J. C. La traduction la plus fidèle de son *Histoire* est celle de M. Larcher, 9 vol. in-8°.

[2] Il mourut en exil l'an 391 avant J. C. Perrot d'Ablancourt a donné une traduction assez fidèle de son *Histoire*. M. Levesque a publié une nouvelle traduction en 4 vol. in-8°.

cette fameuse guerre du Péloponèse entre Athènes et Lacédémone, qui dura vingt-sept ans. Il en a rapporté la plus grande partie comme témoin, et même comme acteur ; il fut chargé d'un commandement; et les Athéniens, qui le bannirent pour avoir mal fait la guerre, honorèrent ensuite et recompensèrent comme historien celui qu'ils avaient puni comme général. On lui reproche deux défauts assez opposés l'un à l'autre : il est trop concis dans sa narration, et trop long dans ses harangues. Il a beaucoup de pensées, mais elles sont quelquefois obscures; il a dans son style la gravité d'un philosophe, mais il en laisse un peu sentir la sécheresse. Aussi le lit-on avec moins de plaisir que Xénophon, qui écrivit quelque temps après lui, et qu'on a surnommé l'*Abeille attique*, pour désigner la douceur de son style. Ce fut lui qui publia et continua l'*Histoire* de Thucydide, à laquelle il ajouta sept livres. Il avait été disciple de Socrate, et commandait dans cette mémorable *Retraite des dix mille*, l'une des merveilles de l'antiquité, et dont il était digne d'écrire l'histoire. Il fut, comme César, l'historien de ses propres exploits : comme lui, il joignit le talent de les écrire à la gloire de les exécuter : comme lui, il mérite une entière croyance, parce qu'il avait des témoins pour juges. Ce dernier mérite n'est pas celui de la *Cyropédie*, dans laquelle, au jugement de Cicéron, il a moins consulté la vérité historique que le désir de tracer le modèle d'un prince accompli et d'un gouvernement parfait. Si les gens de l'art l'étudient comme général dans la *Retraite des dix mille,* on l'admire comme philosophe et comme homme d'Etat dans ce livre charmant de la *Cyropédie*, qu'on peut comparer à notre *Télémaque.* On a dit de Xénophon que les Grâces reposaient sur ses lèvres : on peut ajouter qu'elles y sont près de la Sagesse.

Depuis lui jusqu'à Fénelon, nul homme n'a possédé au même degré le talent de rendre la vertu aimable. Les anciens ne parlent de lui qu'avec vénération, et l'on sait que Scipion et Lucullus faisaient leurs délices de ses ouvrages.

Nous avons de lui beaucoup d'autres ouvrages, entre autres, un *Éloge d'Agésilas,* roi de Lacédémone ; un *Recueil des paroles mémorables de Socrate,* et l'*Apologie* de ce philosophe. Mais ses deux chefs-d'œuvre sont la *Retraite des dix mille* et la *Cyropédie* [1].

Quintilien compare Tite-Live à Hérodote, et Salluste à Thucydide. Je serais tenté de croire que l'admiration des Romains pour la littérature grecque, qui avait servi de modèle à la leur, et ce vieux respect que l'on conserve pour ses maîtres, mettaient un peu de préjugé dans cet avis de Quintilien, d'ailleurs si judicieux et si éclairé. Quant à nous autres modernes, qui avons une égale obligation aux Grecs et aux Latins, il me semble que nous préférerions Tite-Live à Hérodote, et Salluste à Thucydide, par la raison que les deux historiens latins sont bien

[1] Elle a été traduite en français par M. Charpentier ; et la *Retraite des dix mille* par M. Larcher. Xénophon, né à Athènes, mourut à Corinthe l'an 360 avant J. C., à 90 ans.

plus grands coloristes et meilleurs orateurs que les deux historiens grecs. Les couleurs de Tite-Live sont plus douces; celles de Salluste sont plus fortes. L'un se fait admirer par sa facilité brillante, l'autre par sa rapidité énergique. Le goût de Tite-Live est si parfait que Quintilien le cite à côté de Cicéron, en indiquant ces deux auteurs comme ceux qu'il faut mettre de préférence entre les mains des jeunes gens. « Sa narration, dit-il, est singulièrement agréable et de la clarté la plus pure. Ses harangues sont d'une éloquence au-dessus de toute expression. Tout y est parfaitement adapté aux personnes et aux circonstances. Il excelle surtout à exprimer les sentiments doux et touchants, et nul historien n'est plus pathétique. »

Cet éloge est juste dans tous les points, et l'on peut ajouter que le génie de Tite-Live, sans jamais laisser voir le travail ni l'effort, paraît s'élever naturellement jusqu'à la grandeur romaine. Il n'est jamais au-dessus ni au-dessous de ce qu'il raconte. Ses harangues, que les anciens admiraient, et que les modernes lui ont reprochées, sont si belles, que leur censeur le plus sévère regretterait sans doute qu'elles n'existassent pas; et je prouverai tout à l'heure que ce n'était pas des beautés hors de place.

On sait que, dans son ouvrage, composé de cent quarante livres, il avait embrassé toute l'étendue de l'histoire romaine, depuis la fondation de Rome jusqu'à la mort de Drusus, petit-fils d'Auguste. Il ne nous en reste que trente-cinq livres, et le temps n'a pas épargné davantage

Tacite et Salluste. Ces pertes si déplorables pour ceux dont les lettres font le bonheur ne seront probablement jamais réparées.

L'abbé Desfontaines a reproché à Tite-Live de s'être trop laissé éblouir par la grandeur de Rome, et d'avoir parlé de cette ville naissante comme de la capitale du monde : je ne crois pas ce reproche fondé. Rome n'eut jamais plus de véritable grandeur que dans ses premiers siècles, qui furent ceux de la vertu, du courage et du patriotisme; et ce n'est pas quand son empire fut le plus étendu qu'elle eut plus de gloire réelle. C'est en effet lorsqu'elle combattait pour ses foyers contre les Pyrrhus et contre Carthage, que le peuple romain se montra le premier peuple de l'univers ; et ce grand caractère qui annonçait ce qu'il devint dans la suite, c'est-à-dire le dominateur des nations, devait se retrouver sous la plume de Tite-Live [1].

On l'accuse de faiblesse et de superstition, parce qu'il rapporte très-sérieusement une foule de prodiges. Je ne sais s'il faut en conclure qu'il les croyait. Le plus souvent il ne les donne que pour des traditions reçues, et il ne pouvait se dispenser d'en parler. Ces prodiges étaient une partie essentielle de l'histoire, dans un empire où tout était présage et auspice, où l'on ne faisait pas une démarche importante sans observer l'heure du jour et l'état du ciel. Je crois bien que du temps d'Auguste, et même avant lui, on

---

[1] Crevier en a publié une édition en 6 vol. in-4º, enrichie de notes savantes ; et M. Guérin en a donné une traduction assez estimée en 10 vol. in-12.

commençait à être moins superstitieux ; mais le peuple l'était toujours, et la politique savait et devait tirer parti de ce puissant ressort de la croyance générale, dont les effets sont généralement bons dans tout gouvernement, même quand la croyance est erronée. Il n'y a que l'irréligion qui est essentiellement ennemie de tout ordre social et moral. Aussi de tout temps le sénat avait plié la religion et les auspices aux intérêts publics. Les livres des Sibylles, que l'on ouvrait de temps en temps, étaient évidemment comme les centuries de Nostradamus, où l'on trouve tout ce que l'on veut : mais on se moque de Nostradamus, et l'on révérait les Sibylles. Ces notions suffisent pour nous persuader que Tite-Live et les autres historiens se croyaient obligés de ne rien témoigner de ce qu'ils pensaient de ces prodiges, et se souciaient fort peu de détromper personne. Ce n'est pas pourtant que je voulusse assurer que Tite-Live n'eût sur ce point aucune crédulité : je dis simplement que ce qu'il a écrit ne peut pas être regardé comme une preuve de ce qu'il pensait. Il est très-possible qu'avec un beau génie on croie à la fatalité et à la divination. On soupçonnerait volontiers, en lisant Tacite, qu'il croyait à l'une et à l'autre.

Salluste paraît s'être proposé pour modèle la précision et la gravité de Thucydide, et l'on dit même qu'il avait beaucoup emprunté de cet auteur. Salluste, dit Quintilien, a beaucoup traduit du grec. Il faut apparemment que ce soit dans les autres ouvrages qu'il avait composés, et que nous avons perdus ; car on ne voit aucune trace de ces traductions dans ce qui nous est resté. Il avait écrit une grande partie de l'histoire romaine [1] ; mais en imitant la brièveté de Thucydide, il lui donna encore plus de nerf et de force.

Quelques écrivains ont poussé trop loin la critique à l'égard de Salluste, d'autres ont exagéré la louange. Martial l'appelle le premier des historiens romains, et il n'est pas le seul de cet avis. J'avoue que je lui préférerais Tite-Live et Tacite, l'un pour la perfection du style, l'autre pour la profondeur des idées. Sans vouloir prononcer sur le choix de ses termes, dont nous ne sommes pas juges assez compétents, on ne peut se dissimuler qu'il y a quelque affectation dans son style; et toute affectation est un défaut. On ne peut excuser non plus ses longs préambules et ses digressions morales, qui ne tiennent pas assez au sujet principal, et dont l'objet est vague et le fond trop commun. Il s'en faut bien que sa morale et sa politique vaillent celles de Tacite, qui dans ce genre n'a rien au-dessus de lui. Un autre grief contre Salluste, c'est sa partialité à l'égard de Cicéron. Il ne parle point dans son histoire des marques d'honneur que ce grand homme obtint en diverses circonstances : qu'on lise son histoire de la guerre de Catilina, tout y est parfaitement détaillé, excepté ce que fit Cicéron, sans lequel rien ne se serait fait. Est-ce là la fidélité de l'histoire? Est-ce là remplir son

[1] Il ne nous reste que des fragments de cette histoire, que M. de Brosse a publiés en liant ces fragments, Paris, 4 vol. in-4º.

objet le plus utile et le plus respectable, celui de montrer la punition du crime et la récompense de la vertu? Mais comme la passion raisonne mal! Comment Salluste n'a-t-il pas senti que ce silence, qui, dans un homme indifférent, serait une omission condamnable, dans un ennemi était une bassesse odieuse? En se taisant sur des faits publics, croyait-il les faire oublier? Croyait-il que d'autres ne les écriraient pas? N'a-t-il pas dû prévoir que ces réticences perfides n'auraient d'autre effet, si ce n'est qu'on saurait à jamais que ces honneurs avaient été décernés à Cicéron, et que Salluste n'en avait avait rien dit?

Au reste, le caractère d'un ennemi tel que tous les anciens nous ont peint Salluste fait honneur à Cicéron. Les témoignages sont aussi unanimes sur la perversité de ses mœurs que sur la supériorité de ses talents. Il dut son élévation et sa fortune à César, qui, en qualité de chef de parti, ne pouvait pas être délicat sur le choix des hommes : c'est un principe et un malheur de l'ambition de se servir des vices d'autrui. Ce fut César qui le fit rentrer dans le sénat, et lui procura par son crédit la dignité de préteur. Salluste le servit bien dans la guerre d'Afrique, et après la victoire il obtint pour récompense le gouvernement de Numidie, avec le titre de propréteur. C'est là que, par toutes sortes de brigandages, il amassa des richesses immenses dont il jouit avec d'autant plus de plaisir, que la dissipation de son patrimoine l'avait réduit à la pauvreté. Il acheta des jardins fameux connus depuis sous le nom de *Jardins de Salluste*, et une maison de campagne délicieuse auprès de Tivoli. Le cri fut général, et les peuples de sa province l'accusèrent de concussion auprès de César, alors dictateur. Mais comment celui qui, aux yeux de tous les Romains, avait enlevé le trésor public du temple où il était renfermé, pouvait-il punir un concussionnaire? La guerre civile n'est pas le temps de la justice. Salluste fut dispensé de répondre, en donnant au maître qu'il avait servi une partie de l'argent qu'il avait volé, et s'assura une possession paisible pour le reste de sa vie. Tel est l'homme qui, dans ses écrits, invective contre la dépravation générale, et rappelle sans cesse les mœurs antiques.

On ne peut pas dire de Tacite comme de Salluste, que ce n'est qu'un parleur de vertu : il la fait respecter à ses lecteurs, parce que lui-même paraît la sentir. Sa diction est forte comme son âme, singulièrement pittoresque sans jamais être trop figurée, précise sans être obscure, nerveuse sans être étendue. Il parle à la fois à l'âme, à l'imagination, à l'esprit. On pourrait juger des lecteurs de Tacite par le mérite qu'ils lui trouvent, parce que sa pensée est d'une telle étendue, que chacun y pénètre plus ou moins, selon le degré de ses forces. Il creuse à une profondeur immense, et creuse sans effort. Il a l'air bien moins travaillé que Salluste, quoiqu'il soit sans comparaison plus plein et plus fini. Le secret de son style, qu'on n'égalera peut-être jamais, tient non-seulement à son génie, mais aux circonstances où il s'est trouvé.

Cet homme vertueux, dont les premiers regards, au sortir de l'enfance, se fixèrent sur les horreurs de la cour de Néron, qui vit ensuite les ignominies de Galba, la crapule de Vitellius et les brigandages d'Othon ; qui respira un air plus pur sous Vespasien et sous Titus, fut obligé, dans sa maturité, de supporter la tyrannie ombrageuse et hypocrite de Domitien. Obscur par sa naissance, élevé à la questure par Titus, et se voyant dans la route des honneurs, il craignit, pour sa famille, d'arrêter les progrès d'une illustration dont il était le premier auteur, et dont tous les siens devaient partager les avantages. Il fut contraint de plier la hauteur de son âme et la sévérité de ses principes, non pas jusqu'aux bassesses d'un courtisan, mais du moins aux complaisances, aux assiduités d'un sujet qui espère, et qui ne doit rien condamner, sous peine de ne rien obtenir. Incapable de mériter l'amitié de Domitien, il fallut ne pas mériter sa haine, étouffer une partie des talents et du mérite d'un sujet pour ne pas effaroucher la jalousie du maître, faire taire à tout moment son cœur indigné, ne pleurer qu'en secret les blessures de la patrie et le sang des bons citoyens, et s'abstenir même de cet extérieur de tristesse qu'une longue contrainte répand sur le visage d'un honnête homme, et toujours suspect à un mauvais prince, qui sait trop que dans sa cour il ne doit y avoir de triste que la vertu.

Dans cette douloureuse oppression, Tacite, obligé de se replier sur lui-même, jeta sur le papier tout cet amas de plaintes et ce poids d'indignation dont il ne pouvait autrement se soulager : voilà ce qui rend son style si intéressant et si animé. Il n'invective point en déclamateur : un homme profondément affecté ne peut pas l'être; mais il peint avec des couleurs si vraies tout ce que la bassesse et l'esclavage ont de plus dégoûtant, tout ce que le despotisme et la cruauté ont de plus horrible, les espérances et les succès du crime, la pâleur de l'innocence et l'abattement de la vertu; il peint tellement tout ce qu'il a vu et souffert, que l'on voit et que l'on souffre avec lui. Chaque ligne porte un sentiment dans l'âme : il demande pardon au lecteur des horreurs dont il l'entretient, et ces horreurs mêmes attachent au point qu'on serait fâché qu'il ne les eût pas tracées. Les tyrans nous semblent punis quand il les peint. Il représente la postérité et la vengeance, et je ne connais point de lecture plus terrible pour la conscience des méchants.

On a dit qu'il voyait partout le mal, et qu'il calomniait la nature humaine; mais pouvait-il calomnier le siècle où il a vécu? Et peut-on dire que celui qui nous a tracé les derniers moments de Germanicus, de Baréa, de Thraséas, qui a fait le panégyrique d'Agricola, ne voyait pas la vertu où elle était? Ce dernier morceau, cette vie d'Agricola est le désespoir des biographes; c'est le chef-d'œuvre de Tacite, qui n'a fait que des chefs-d'œuvre. Il l'écrivit dans un temps de calme et de bonheur. Le règne de Nerva qui le fit consul, et ensuite celui de Trajan, le consolait d'avoir été préteur sous Domitien. Son style a des teintes douces et un charme plus attendrissant; on voit qu'il commence à pardonner. C'est là qu'il donne cette leçon si belle et si utile à tous ceux qui peuvent être condamnés à vivre dans des temps malheureux : « L'exemple d'Agricola, dit-il, nous apprend qu'on peut être grand sous un mauvais prince, et que la soumission modeste, jointe aux talents et à la fermeté, peut donner une autre gloire que celle où sont parvenus les hommes plus impétueux, qui n'ont cherché qu'une mort illustre et inutile à la patrie. »

Si quelque chose peut faire voir combien, avant l'invention de l'imprimerie, toutes les précautions possibles étaient peu sûres pour garantir des injures du temps les plus beaux ouvrages de l'esprit humain, c'est ce qui est arrivé à ceux de Tacite. Plusieurs siècles après lui, un homme de son nom fut élevé au trône des Césars; et se glorifiant de lui appartenir, quoiqu'on en doutât, il fit transcrire avec le plus grand soin tout ce qui était sorti de la plume de cet inimitable historien, et le fit déposer dans des bibliothèques publiques. Il ordonna, de plus, que tous les dix ans on en renouvelât les copies. Tous ces soins n'ont pu nous conserver ses écrits, dont la plus grande partie est encore l'objet de nos regrets [1].

---

[1] L'édition la plus estimée de Tacite est celle de l'abbé Brottier, 4 vol. in-4º, ou 6 vol. in-12; la meilleure traduction est celle de M. Dureau de la Malle, 6 vol in-8º; il en paraît une nouvelle traduction par Burnouf.

Parmi les historiens de la première classe on peut encore placer Quinte-Curce, quoique inférieur à ceux dont je viens de parler. On ne sait pas bien précisément dans quel temps il a écrit; il est très vraisemblable que c'était sous Vespasien. Il a renfermé dans un volume assez court la vie d'Alexandre, divisée en dix livres, Freinshemius a suppléé les deux premiers et une partie du dernier. Le style de Quinte-Curce est très-orné et très-fleuri ; mais il convient à son sujet : il écrivait la vie d'un homme extraordinaire. Il excelle dans les descriptions des batailles ; sa harangue des Scythes est un morceau fameux. Il a de la noblesse et du feu quand il raconte, mais lorsqu'il fait parler ses personnages, il laisse trop paraître l'auteur. On l'accuse aussi, et avec raison, de plusieurs erreurs de dates et de géographie, et en tout il est beaucoup moins exact qu'Arrien, qui a servi à le rectifier.

SECTION II. — DES HARANGUES, ET DE LA DIFFÉRENCE DE SYSTÈME ENTRE LES HISTOIRES ANCIENNES ET LA NÔTRE.

Il me reste à justifier les anciens sur ces harangues, que l'on regarde comme des efforts de l'art oratoire, plutôt que comme des monuments historiques. Il se peut, en effet, que Fabius et Scipion n'aient pas dit dans le sénat précisément les mêmes choses que Tite-Live leur fait dire ; mais s'il est très-probable qu'ils ont dû et qu'ils ont pu parler à peu près dans le même sens, je ne vois pas de fondement au reproche que l'on fait à l'historien. En ce genre, ce me semble, il est permis d'embellir sans être accusé de controuver. Si l'auteur faisait parler avec éloquence des hommes qui n'eussent pas été faits pour en avoir, qui n'eussent jamais eu aucune habitude du talent de la parole, c'est alors que l'historien ferait le rôle de romancier. Mais il est reconnu qu'Athènes était gouvernée par ses orateurs, que rien d'important ne se décidait sans eux; que dans toute la Grèce, excepté peut-être Lacédémone, l'art de parler était une des connaissances les plus essentielles, les plus nécessaires à un citoyen, une de celles que l'on cultivait avec le plus de soin dans la première jeunesse, et la partie la plus importante des études. A Rome, quiconque aspirait aux charges devait être en état de s'énoncer avec facilité et avec grâce, devant trois ou quatre cents sénateurs, de savoir motiver, et de soutenir un avis que l'on attaquait avec toute la liberté républicaine, quelquefois de pérorer devant l'assemblée du peuple romain, composée d'une multitude innombrable et tumultueuse. Les accusations et les défenses judiciaires étant un des grands moyens d'illustration, les membres les plus considérables de l'Etat cherchaient à se signaler en dénonçant des coupables ou en les défendant. Leur but était de se faire connaître au peuple, et leur ambition cherchait des inimitiés éclatantes. Toutes les petites discussions contentieuses étaient portées à des tribunaux subalternes, tel que celui du préteur et des centumvirs ; mais toutes les grandes causes se plaidaient devant un certain nombre de chevaliers romains choisis par la loi, et assujettis à un serment, dans un vaste Forum rempli d'une foule attentive ; et celui qui s'exposait à cette périlleuse épreuve devait être bien sûr de ses talents et de sa fermeté. C'était là qu'un homme était jugé pour la vie : ses espérances et son élévation dépendaient de l'opinion qu'il donnait de lui en se montrant dans cette lice aussi brillante que dangereuse. Les enfants de famille y assistaient assidument ; et c'est ce qu'on appelait les Exercices du Forum : c'étaient ceux de toute la jeunesse, ainsi que les travaux du Champ de Mars.

Il n'est donc pas étonnant que des hommes élevés ainsi, haranguassent beaucoup plus souvent et plus facilement que nous ne l'imaginons. L'éloquence qui, dans nos monarchies, semble n'être le partage que de ceux qui par état doivent en avoir fait une étude particulière, était, chez les Grecs et les Romains, une des qualités communes, dans un degré plus ou moins éminent, à tout homme public, à tout citoyen constitué en dignité. Les Gracches, César, Caton, Scipion, étaient de très-grands orateurs, c'est-à-dire, dans la langue républicaine, de très-grands hommes d'Etat.

On peut donc croire, sur ce que je viens d'exposer, que les grands hommes que Tite-Live et Salluste font parler dans leurs histoires, ont souvent puisé dans leur âme d'aussi beaux traits que ceux que leur attribue l'historien, et ont dû même produire de plus grands effets de vive voix qu'il n'en produit sur le papier; et ce qui prouve encore l'importance qu'on attachait à ces discours, c'est que la plupart du temps on en conservait des copies. Cicéron cite à tout moment des harangues prononcées dans le sénat plus d'un siècle avant lui, par des hommes qui ne les gardaient pas comme des monuments littéraires, mais comme des pièces justificatives de leur conduite et de leurs travaux dans l'administration des affaires publiques.

On reproche encore aux anciens historiens de s'être peu étendus sur les mœurs publiques et particulières, sur la police intérieure, sur les lois, sur les finances, sur les impôts, sur les subsistances, sur l'art militaire, etc. Pourquoi ce genre d'histoire philosophique nous paraît-il aujourd'hui nécessaire dans les annales de l'Europe moderne? En voici peut-être la raison. Nous avons été longtemps barbares : longtemps nous n'avons su ni ce que nous étions ni ce que nous devions être. Délivrés de ce mélange bizarre des constitutions féodales, nous voulons connaître quelle était la position de nos ancêtres, dont rien n'est conservé; mais les Romains, mais les Grecs ont toujours été, à la corruption près, ce que leurs pères avaient été. Les lois des Douze-Tables étaient en vigueur sous Auguste comme au temps des guerres des Samnites; la distribution des tribus romaines était la même; les magistratures étaient les mêmes. Le sénat, pendant sept cents ans, avait eu la même forme depuis les premiers consuls jusqu'aux premiers Césars. La discipline militaire, la tactique, la légion, subsistèrent sans aucun changement considérable, depuis Pyrrhus jusqu'à Théodose. Le luxe augmentait sans doute avec les richesses, et la table de Lucullus n'était pas celle de Numa ni de Fabricius, mais la robe consulaire de Cicéron était la même que celle de Brutus; il avait les mêmes droits, les mêmes prérogatives; au lieu qu'aujourd'hui l'habillement de ce qu'on appelle un grand-seigneur, dans les monarchies de l'Europe, ne ressemble pas plus à celui de ses aïeux, que son existence civile et politique ne ressemble à celle des leudes de Charlemagne et des barons de Philippe-Auguste, et qu'un régiment d'infanterie ne ressemble à une compagnie d'hommes d'armes de Charles V.

Il n'est donc pas étonnant qu'on ait beaucoup à nous apprendre sur nos ancêtres, et que les Romains et les Grecs ne voulussent savoir de leurs pères que leurs exploits : tout le reste leur était suffisamment connu.

Je ne dirai qu'un mot des historiens qui n'ont pas été des écrivains éloquents. Nous trouvons d'abord parmi les Grecs, Polybe et Denys d'Halicarnasse[1] : l'un, précieux pour ceux qui étudient l'art militaire et se plaisent à comparer ce qu'il est parmi nous à ce qu'il était chez les an-

---

[1] Le chevalier de Follard nous a donné un excellent commentaire sur Polybe, en 6 vol. in-4°, avec une traduction par Dom Thuilier. Le P. Le Jay a traduit les *Antiquités romaines* de Denys d'Halicarnasse. L'abbé Bellanger, docteur de Sorbonne, en a aussi donné une traduction française avec des notes. Paris, 1723, 2 vol. in-4°, réimprimée en 1800, 6 vol. in-8°.

ciens, a le mérite particulier de nous avoir donné, dans ce qui nous reste de lui, les meilleures instructions sur la tactique romaine et sur l'art de la guerre en général, avec la supériorité des lumières qu'on peut attendre d'un élève de Philopémen, et de l'un des meilleurs officiers du second des Scipions : l'autre nous a laissé son *Recueil d'Antiquités romaines,* le livre où l'on trouve le plus de ces détails de mœurs et de coutumes dont nous sommes devenus avides, et qui, paraissant aux historiens latins un objet d'érudition plus que de talent, tiennent beaucoup moins de place chez eux que chez les écrivains grecs, pour qui c'était un objet de recherche et de curiosité. Diodore de Sicile, Appien, Arrien, Dion Cassius, sont au rang de ces écrivains médiocres qu'on ne laisse pas de lire avec quelque plaisir, seulement pour la connaissance des faits ; car l'histoire, a fort bien dit Cicéron, de quelque manière qu'elle soit écrite, nous amuse toujours : *Historia, quoquo modo scripta, delectat.* Diodore de Sicile a écrit sur les anciens empires [1] ; Appien, les guerres civiles de Rome [2] ; Arrien, celles d'Alexandre [3].

---

[1] Son Histoire était divisée en quarante livres, dont il ne nous reste que quinze avec quelques fragments. On y trouve de temps en temps des faits curieux qui font regretter la perte des autres livres. L'abbé Terrasson a donné une traduction de ce qui nous reste de Diodore, en 7 vol. in-12.

[2] Une partie de son Histoire, qui était divisée en vingt-quatre livres, a été perdue ; ce qui est parvenu jusqu'à nous a été traduit par Odet Philippe, sieur de Marets. Paris, 1659, in-folio ; les cinq livres des guerres civiles ont été traduits séparément par Combes Dounous. Paris, 1808, 3 vol. in-8º.

[3] Il ne nous en reste que sept livres dont Perrot d'Ablancourt a

Le moindre de tous est Dion, auteur d'une histoire romaine [1] où la narration n'est pas sans agrément, mais où les harangues sont aussi prolixes que faibles, et les préventions de toute espèce extrêmement marquées. Son acharnement contre tous les hommes célèbres, et particulièrement contre Cicéron, a beaucoup infirmé son autorité. Il est naturellement détracteur, et pourtant peu lu et peu connu ; ce qui suffit pour apprécier et son caractère et son talent.

Parmi la foule des historiens du Bas-Empire, ou de ceux dont les écrits sont connus sous le nom d'*Historiæ Augustæ*, on a distingué Ammien Marcellin [2] et Hérodien [3] : l'un estimable par son impartialité, et assez instructif dans le récit des faits pour faire pardonner la dureté rebutante de son style à peine latin ; l'autre, remarquable par une élégance qui déjà devenait rare chez les Grecs, même avant la translation de l'empire à Constantinople.

SECTION III. — HISTORIENS DE LA SECONDE CLASSE.

Venons aux historiens de la seconde classe, les abréviateurs et les biographes. Les trois plus

---

donné une traduction française. Chaussart en a donné une nouvelle avec des commentaires. Paris, 1802, 3 vol. in-8º avec atlas.

[1] Elle était composée de quatre-vingts livres ; les trente-quatre premiers sont perdus, et il ne nous reste que des fragments des vingt derniers. Boisguilbert a traduit en français ce qui nous reste de Dion. Paris, 1674, 2 vol. in-12.

[2] Nous n'avons plus que dix-huit livres de son Histoire, qui était en trente et un. L'abbé de Marolle en a publié une traduction en 1672, 3 vol. in-12.

[3] L'abbé Mongault en a donné une traduction française, en 1700 ; réimprimée en 1745.

distingués dans le premier genre sont Justin, Florus et Paterculc [1] : je cite Justin le premier, à cause de l'étendue et de l'importance de son ouvrage. Il vivait sous les Antonins. Nous avons de lui l'abrégé d'une *Histoire universelle* de Trogue-Pompée, qui est perdue, et qui, si nous l'avions, nous apprendrait comment les anciens concevaient le plan d'une histoire universelle. A n'en juger que par cet abrégé, ce n'est pas ce que nous voudrions aujourd'hui. Justin n'est pas un peintre de mœurs, mais c'est un fort bon narrateur. Son style en général est sage, clair et naturel, sans affectation, sans enflure, et semé de morceaux fort éloquents. Il n'y faut pas chercher beaucoup de méthode ni de chronologie : c'est un tableau rapide des plus grands événements arrivés chez les nations conquérantes, ou qui ont fait quelque bruit dans le monde. Plusieurs traits de ce tableau sont d'une grande beauté, et peuvent donner une idée de cette manière antique, de ce ton de grandeur si naturel aux historiens grecs et romains, et de l'intérêt de style qui anime leurs productions.

Florus, qui a composé l'*Abrégé de l'Histoire romaine* jusqu'au règne d'Auguste, sous lequel il vivait, a le mérite d'avoir resserré en un très-petit volume les annales de sept siècles, sans omettre un seul fait important. Il y a dans son style quelques traces de déclamation, mais en général de la rapidité et de la noblesse. La con-

---

[1] L'abbé Paul les a traduits tous les trois en français : le premier en 2 vol. in-12, les deux autres en 1 vol.

juration de Catilina est racontée en deux pages et rien d'essentiel n'y est oublié.

Patercule, qui a comme lui le mérite de la brièveté, et qui, en traitant le même sujet, s'est renfermé dans des bornes non moins étroites, a plus de génie que lui et que Justin ; mais il est plus souvent rhéteur, et toujours adulateur. Il ne parle de la maison des Césars qu'avec le ton d'une admiration passionnée : ce n'est pas un Romain qui écrit, c'est l'esclave de Tibère : il lui prodigue les louanges les plus exagérées ; il insulte à la mémoire de Brutus : cependant son ouvrage est un morceau précieux par le style, et par le talent de semer de réflexions rapides et des pensées fortes dans le tissu de sa narration. Le président Hénault l'a nommé avec justice le *Modèle des abréviateurs*. Il y a dans son *Abrégé* beaucoup plus d'idées et d'esprit que dans celui de Florus ; et ses portraits surtout, tracés en cinq ou six lignes, sont d'une force et d'une liberté de pinceau qui le rendent en ce genre supérieur à tous les anciens, peut-être même à Salluste, si admirable en cette partie. « Mithridate, dit-il, qu'il n'est pas permis de passer sous silence, mais dont il est difficile de parler dignement, infatigable dans la guerre, terrible par sa politique autant que par son courage, toujours grand par le génie, quelquefois par la fortune, soldat à la fois et capitaine, et pour les Romains un autre Annibal. » Et ailleurs : « Caton, l'image de la vertu, qui fut en tout plus près de la Divinité que de l'homme, qui jamais ne fit le bien pour paraître le faire, mais parce qu'il n'était pas en lui de faire autrement ; qui ne croyait raisonnable que ce qui était juste, qui n'eut aucun des vices de l'humanité, et fut toujours supérieur à la fortune. »

Quoique l'*Abrégé* de Patercule n'ait que deux livres, une grande partie du premier nous manque : ce qui regarde les Romains commence à la guerre de Persée, et l'auteur avait commencé son ouvrage à la fondation de Rome, en remontant même aux temps antérieurs, et résumant en quelques pages l'histoire de l'Asie et de la Grèce. A la naissance de Romulus s'offre une lacune qui n'a pas été remplie, et tout l'intervalle entre cette époque et la conquête de la Macédoine par Paul-Émile est resté vide.

Parmi les biographes latins, on distingue Cornélius Népos [1] et Suétone. Le premier écrit avec autant d'élégance que de précision. *Les Vies des hommes illustres* qu'il nous a laissées sont, à proprement parler, des sommaires de leurs actions principales, semés de réflexions judicieuses. Mais en rapportant les événements, il a négligé les détails qui peignent les hommes, et ces traits caractéristiques dont la réunion forme leur physionomie : Rome n'a point eu de Plutarque.

Suétone s'est jeté dans l'excès contraire. Il est exact jusqu'au scrupule, et rigoureusement méthodique : il n'omet rien de ce qui concerne l'homme dont il écrit la vie ; il rapporte tout, mais il ne peint rien. C'est proprement un anecdotier, si l'on peut se servir de ce terme, et il

[1] L'abbé Paul l'a traduit en français, en 1 vol. in-12.

est beaucoup trop licencieux dans les détails qu'il donne. D'ailleurs, il cite des ouï-dire, et ne les garantit pas. Suétone était secrétaire de l'empereur Adrien.

Mais le plus justement estimé, le plus relu et le meilleur à relire parmi les biographes de tous les pays, c'est sans contredit Plutarque, célèbre philosophe et historien grec, né à Chéronée, ville de Béotie, mort vers l'an 140. Trajan l'honora de la dignité consulaire, et l'employa en diverses négociations importantes. Le plan de ses *Vies parallèles* [1], établi sur le rapprochement de deux personnages célèbres chez deux nations qui ont donné le plus de modèles au monde, Rome et la Grèce, est en morale et en histoire une idée de génie. Aussi l'histoire n'est-elle nulle part aussi essentiellement morale que dans Plutarque. Si l'on peut désirer quelque chose dans sa narration, qui n'est pas toujours aussi claire, aussi méthodique qu'elle pourrait l'être, il faut se souvenir d'abord qu'elle suppose toujours la connaissance antérieure de l'histoire générale. C'est de l'homme qu'il s'occupe, plus que des choses : son sujet est particulièrement l'homme dont il écrit la vie, et, sous ce point de vue, il le remplit toujours aussi bien qu'il est possible, non pas en accumulant des détails, comme Suétone, mais en choisissant des traits. Quant aux *Parallèles* qui en sont le résultat, ce sont des morceaux achevés; c'est là

[1] MM. Dacier et Ricard en ont publié de bonnes traductions en 12 et 13 vol. in-12; et M. Acher en a donné récemment un excellent abrégé en 4 vol. in-12.

surtout qu'il est supérieur, et comme écrivain, et comme philosophe. Jamais personne ne s'est montré plus digne de tenir la balance où la justice des siècles pèse les hommes et leur assigne leur véritable valeur. Personne ne s'est moins laissé séduire ou éblouir par ce qu'il y a de plus éclatant, et n'a mieux saisi et même fait valoir le solide. Il examine et apprécie tout, et confronte le héros avec lui-même, les actions avec les motifs, le succès avec les moyens, les fautes avec les excuses; et la justice, la vertu, l'amour du bien, sont toujours ce qui détermine son jugement, qu'il prononce toujours avec autant de réserve que de gravité. Ses réflexions sont d'ailleurs un trésor de sagesse et de vraie politique : c'est la meilleure école pour ceux qui veulent diriger leur vie publique, et même privée, sur les règles de l'honnêteté.

On a censuré son style : mais il m'a paru, autant que je puis le juger, ne manquer ni de dignité, ni de force, ni même de clarté. Il y a des endroits obscurs; et où n'y en a-t-il pas? L'altération inévitable dans les anciens manuscrits suffit pour faire comprendre que ces obscurités ne sont pas de l'auteur lui-même, quand sa pensée est ordinairement claire, ainsi que son expression.

On a pu lui reprocher avec plus de justice des endroits trop poétiques et trop figurés, qui ne sont pas du ton de l'histoire, et l'espèce de bigarrure que forment quelquefois les fragments des poëtes et des philosophes qu'il insère dans son texte sans en avertir. Lui-même se laisse aller aussi de temps en temps à des excursions philosophiques trop étendues et trop abstraites, suite naturelle de son goût dominant pour les recherches et les réflexions en tout genre. Il porte cet esprit dans l'érudition historique, et l'on se passerait bien du travail qu'il prodigue un peu en dissertations mythologiques, géographiques, généalogiques, critiques, qui seraient mieux dans Pausanias que chez lui.

A l'égard de son autorité dans le détail des faits, elle est plus sûre dans la vie des Grecs que dans celle des Romains, non qu'il veuille jamais tromper ; mais lui-même nous a indiqué d'avance la cause de quelques erreurs dont il a été notoirement convaincu. Il avoue, avec candeur, qu'il n'a qu'une très-médiocre connaissance du latin; aussi lui arrive-t-il de traduire mal les auteurs qu'il cite, d'après le texte de cette langue; et de là viennent les méprises évidentes qu'on a relevées dans ses écrits, et qui, par cela même, n'étaient pas d'une dangereuse conséquence.

CHAPITRE II.

PHILOSOPHIE ANCIENNE.

IDÉES PRÉLIMINAIRES.

La philosophie, qui va nous occuper, n'a pas le même attrait pour tout le monde que la poésie et l'éloquence, et n'est pas à beaucoup près si familière à tous les esprits, et si rapprochée de tous les goûts. Elle commande une attention plus laborieuse par le sérieux des objets, et ne la soutient pas par les mêmes agréments. Quand l'instruction s'adresse à l'imagination et au cœur, autant qu'à l'esprit et au goût, on vole pour ainsi dire au-devant d'elle : quand elle ne s'adresse qu'à la raison, il lui faut des auditeurs déterminés à s'instruire. Mais pourtant la raison a aussi son intérêt propre, et peut plaire à l'esprit en l'exerçant. Elle ne peut d'ailleurs aller ici jusqu'à la contention et à la fatigue de tête, que nous laissons aux érudits et aux savants de profession, avec les dédommagements qu'ils y trouvent : c'est à eux de rapprocher Platon et Aristote, Epicure et Zénon, le Portique et l'Académie; de les opposer l'un à l'autre, ou de les concilier, et de chercher à les entendre partout, quand ils ne se seraient pas entendus eux-mêmes. Bruker et Deslandes, et une foule d'autres écrivains, ont passé leur vie à errer dans ce labyrinthe, semblable à ces châteaux enchantés où l'Arioste nous représente les paladins armés, courant les uns après les autres, se combattant toujours sans se reconnaître jamais, et après qu'ils sont enfin sortis de ce séjour d'illusions, se retrouvant tels qu'ils étaient entrés, et avouant tous qu'ils avaient longtemps rêvé les yeux ouverts.

Tel est en général, il est vrai, le résultat de cette multitude de systèmes nés dans les écoles anciennes, et tous depuis longtemps abandonnés. Il n'y a rien à en conclure contre les anciens, si ce n'est qu'ils sont beaucoup plus excusables que les modernes, d'avoir entrepris plus qu'ils ne pouvaient. L'erreur la plus naturelle à l'esprit humain, dès qu'il veut atteindre à l'origine des choses, c'est-à-dire chercher ce qu'il ne trouvera jamais, a toujours été de se mettre tout uniment à la place de l'auteur des choses, et de refaire en imagination l'ouvrage de la pensée divine. Il est donc tout simple que chaque philosophe ait fait son monde, l'un avec le feu, l'autre avec l'eau; celui-ci avec l'éther, celui-là avec des atomes. Je ne vous entretiendrai sûrement pas de toutes ces cosmogonies que les curieux trouveront partout : heureusement chacun a pu donner la sienne sous le moindre inconvénient, et celles de Descartes et de Leibnitz n'ont pas été plus dangereuses : ceux-ci pourtant avaient moins d'excuse, puisque tant de siècles d'expérience auraient dû leur faire sentir que nous devions nous borner à l'étude des faits et à l'observation des phénomènes, sans prétendre deviner les causes premières, dont le secret appartient à Dieu aussi nécessairement que l'ouvrage même, puisque l'un et l'autre supposent l'infini en sagesse comme en puissance.

Si l'on a renoncé enfin à expliquer la théorie et les moyens de l'architecte éternel, c'est depuis que deux génies puissants, l'un en mathématiques, l'autre en métaphysique, Newton et Locke, parvenus à démontrer le plus clairement qu'il était possible, celui-là les lois du mouvement, celui-ci les opérations de l'entendement humain, ont en même temps avoué tous les deux l'impossibilité de connaître la cause qui meut les corps, et l'action de la faculté pensante pour mouvoir le corps humain.

Malgré le vice radical de tous les systèmes de l'ancienne philosophie sur les premiers principes des choses, si la physique entrait dans notre plan, il ne serait pas difficile de faire voir que les anciens ont eu du moins des aperçus justes, ingénieux, étendus sur beaucoup de points de physique générale et particulière ; mais des aperçus toujours plus ou moins défectueux et stériles, par deux raisons : d'abord, par le défaut de progrès assez grands dans les mathématiques, où ils ne paraissaient avoir été loin que dans la mécanique, qui fit la gloire d'Archimède ; ensuite, par le défaut de cette méthode, qui consiste dans une analyse exacte et complète, et dans une dialectique sévère : par l'une, on embrasse un objet dans toutes ses parties ; par l'autre, on se défend de laisser rien sans preuve, et l'on ne bâtit jamais sur une hypothèse comme sur une base. Cette méthode n'a été connue que des modernes, et c'est ce qui a surtout affermi leurs pas dans la carrière des connaissances naturelles, et ce qui les conduit si loin dans tout ce qui est du ressort de la physique et des mathématiques.

On regarde Aristote comme un esprit plus solide et plus profond que Platon. Dans sa *Poétique* et dans sa *Rhétorique*, dans sa *Morale* et dans sa *Politique* même, quoique celle-ci ne soit pas au nombre des objets qui doivent nous occuper, il a su appliquer cet esprit d'analyse et cette rare justesse de vues qui l'ont caractérisé parmi les anciens comme parmi nous, et qui lui firent donner par l'antiquité le titre de *Prince des philosophes*. C'est là que son excellente méthode lui sert à classer, à définir, à spécifier les choses, et qu'il s'est garanti de l'abus des abstractions, qui, en d'autres genres, l'a souvent égaré. Quand il parle d'éloquence, de poésie, de mœurs, de gouvernement, il considère sans cesse la nature de l'homme telle qu'elle est ; il s'appuie de l'expérience, et c'est ce qui le mène à des résultats judicieux et féconds. Il ne bâtit pas en l'air, comme Platon a bâti sa *République*, qui est restée où elle devait rester, dans ses livres ; mais il démêle avec beaucoup de sagacité les causes de l'ordre et du désordre dans les différentes sortes de gouvernements ; aussi a-t-il été étudié par tous les bons publicistes, qui en ont profité plus que de Platon, dont on n'a pu recueillir que des idées partielles et des vérités détachées, qui ne sont jamais d'un aussi grand usage que les théories générales, quand celles-ci sont bien conçues.

Mais aussi, en métaphysique et en morale, aucun des anciens ne s'est élevé aussi haut que Platon.

C'est par lui que je commencerai cet exposé succinct de ce que nous pouvons recueillir de plus profitable de la philosophie des anciens sous un double aspect, celui des choses où ils se sont e plus approchés de la vérité par les lumières aturelles, et celui des erreurs les plus remaruables où les a fait tomber l'inévitable imperfection de ces mêmes lumières. C'est le seul ordre que je croie devoir suivre dans ce récit, destiné seulement à donner des notions claires, et si je le puis, utiles à ceux qui n'iront pas s'enfoncer dans la lecture d'une quantité d'auteurs tant anciens que modernes, qui suppose beaucoup de curiosité, d'étude et de loisir, sans beaucoup d'utilité. Ensuite viendront Plutarque, Cicéron et Sénèque, qui contiennent, avec Platon, tout le fond de la philosophie des Grecs, car celle des Latins est tout entière d'emprunt.

SECTION Ire. — PLATON [1].

On ne peut douter que Platon n'ait dû à Socrate, son maître, la gloire d'avoir donné le premier à la morale la seule base solide qu'elle puisse avoir, l'unité de Dieu, l'immortalité de l'âme, et les peines et les récompenses dans une autre vie. Mais il ne doit qu'à lui seul ses idées

---

[1] Platon naquit à Athènes vers l'an 429 avant J. C., d'une famille illustre, et se distingua dès son enfance par une imagination vive et brillante. A l'âge de 20 ans, il s'attacha à Socrate, et resta avec lui jusqu'à sa mort, où il entreprit divers voyages. De retour dans son pays, il fixa sa demeure dans un faubourg d'Athènes appelé *Académie*, où il ouvrit son école, et c'est du nom de ce faubourg qu'il a été nommé chef de la secte des *Académiciens*. La beauté de son génie, l'étendue de ses connaissances, la douceur de son caractère et l'agrément de sa conversation, répandirent son nom dans les pays les plus éloignés, et lui attirèrent une grande quantité d'élèves qu'il forma à la philosophie. Sa tempérance le conduisit à une heureuse vieillesse. Il mourut l'an 348 avant J. C., à l'âge de 84 ans. La plus belle édition de ses œuvres est celle de *Serrannus* ou *Jean de Serre*, en grec et en latin, en 3 vol. in-folio. Dacier a traduit en français une partie des *Dialogues* de Platon en 3 vol. in-12; et l'abbé Grou a traduit la *République* en 2 vol.

sur la nature du monde et sur l'espèce d'hiérarchie qu'il établit entre les êtres divers qui le gouvernent et qui l'habitent.

Platon, il est vrai, ne conçut pas la création telle qu'elle est dans la Genèse, c'est-à-dire l'acte de la puissance suprême tirant tout du néant par sa volonté; et ce n'est pas un reproche à faire à Platon; car cette idée est au-dessus de l'homme, et cette création ne pouvait être que révélée. Seulement la métaphysique a compris et démontré depuis que cette création, quoique incompréhensible pour nous, appartenait nécessairement à la puissance éternelle et infinie, à Dieu seul. Mais Platon reconnut du moins que le monde avait eu un commencement, et que Dieu seul en était le créateur. C'est surtout dans son *Timée* qu'il développe cette doctrine; il n'a pas vu moins juste quand il a dit que Dieu ne pouvait pas être l'auteur du mal moral ou du *péché* : mais il n'a pas été et ne pouvait guère aller plus loin.

Ce philosophe est aussi le premier qui ait fait Dieu auteur du mouvement, et qui ait fait du mouvement la mesure du temps. C'est une de ses plus belles idées, et personne avant lui n'avait rien conçu d'aussi sublime et d'aussi vrai que ce qu'il dit du temps et de l'éternité :
« L'éternité est immobile dans l'unité d'être, c'est-à-dire en Dieu, et n'admettant ni changement ni succession. Il y a plus : la réalité de l'être n'est qu'en Dieu; c'est le seul dont on ne puisse pas dire proprement : Il a été, ou Il sera; mais seulement *Il est*. Il a créé le temps

en créant le monde ; et cette durée successive, marquée par les révolutions des corps célestes, est une image mobile de l'éternité, et passera comme le monde, quelle que soit la fin qu'il doit avoir. » Toutes ces conceptions sont grandes, et sans contredit supérieures de beaucoup à toutes celles de l'antiquité païenne.

La pureté et la sublimité de ces notions ont fait dire aussi à un docteur de l'Église, saint Clément d'Alexandrie, que les livres de Platon avaient servi à préparer les païens à l'Évangile, comme ceux de Moïse à préparer à la foi les Juifs que l'Évangile avait convertis. On sait en effet que la philosophie platonicienne était extrêmement en vogue dans les premiers siècles de l'Église ; et de là les efforts que l'on fit alors pour concilier en quelque sorte l'école d'Alexandrie avec le christianisme, et pour trouver dans Platon ce qui n'y était pas. C'était une erreur du zèle ; et ce qui fait voir que toutes les erreurs sont dangereuses, c'est qu'en même temps que des chrétiens trompés croyaient tirer avantage de l'autorité de Platon, et tâchaient d'attirer le platonisme à la révélation, les ennemis du christianisme naissant prétendirent, pour en infirmer la divinité, en retrouver les principaux dogmes dans Platon. On alla jusqu'à y voir le Verbe et la Trinité, et cette supposition a passé jusque dans ces derniers temps. Mais il suffit d'ouvrir Platon pour se convaincre qu'il n'y a ici qu'une pure confusion de mots. Nos mystères, que Dieu seul a pu révéler, n'ont pu en aucune manière être devinés, ni même entrevus par la raison humaine, puisqu'ils sont au-dessus d'elle, même depuis qu'ils ont été révélés. Après avoir examiné les grandes conceptions de Platon, nous allons examiner ses principales erreurs, et voir la faiblesse de l'esprit humain, après avoir vu sa force.

Platon a beaucoup écrit, beaucoup pensé, puisque ses ouvrages embrassent toutes les connaissances naturelles, et non-seulement toutes les parties de la philosophie spéculative, mais encore la physiologie et l'anatomie; mais il faut avouer aussi qu'il a beaucoup rêvé. On lui doit pourtant cette justice, que, fidèle imitateur de la réserve de son maître, il se préserva toujours de cette affirmation tranchante qui caractérisait l'orgueil dogmatique de tant de sectes de philosophes dont chacune se prétendait exclusivement en possession de la vérité. On lui reproche de manquer de méthode et de logique; il abonde en suppositions gratuites : rien n'arrête l'essor de son imagination. Il semble toujours avoir devant les yeux ce monde *intelligible*, ces idées *archétypes*, où tout est disposé dans un ordre parfait de rapports infaillibles et éternels. Cela est en effet et doit être ainsi dans la sagesse divine, et la plus grande gloire de Platon est de l'y avoir vu; c'est sûrement le plus grand pas de l'ancienne métaphysique, et qui suffirait seul pour mettre Platon au rang des plus beaux génies. Il admet une âme du monde qui n'est pas Dieu, et qui pourtant est une substance divine, comme s'il pouvait y avoir deux substances dans la Divinité, dont Platon lui-même a compris l'unité nécessaire ? Quelle contradiction ! et que de contradictions semblables dans tout son système! Qu'entend-il par ce *monde animal*, qui a fourni à Spinosa la première base de son incompréhensible athéisme?

Mais c'est surtout en expliquant la nature et la formation de l'âme humaine que ce philosophe a complétement déliré. Il a pris à Pythagore sa métempsycose, qui ne lui sert qu'à gâter le dogme salutaire des peines et des récompenses à venir.

Vous sentez que je ne m'amuse pas à relever tout ce qu'il y a d'incohérent et d'incompréhensible dans ce maladroit assemblage de métaphysique et d'anatomie. Je ne fais guère que marquer de préférence les erreurs qui se sont propagées des anciens jusqu'à nous, pour vous faire voir qu'en ce genre les différents siècles n'ont guère fait que se copier les uns les autres avec plus ou moins de variations, et que le principe est toujours et sera toujours le même, la présomptueuse curiosité de ce que nous ne pouvons pas savoir, et de ce que nous voulons toujours deviner.

L'ordre et la méthode ne sont sûrement pas pour Platon au nombre des mérites et des devoirs ; car sa métaphysique, et sa physique, et sa musique, et sa physiologie, et ses mathématiques, sont indifféremment semées dans ses livres *de la République* et *des Lois*. Tout est pêle-mêle dans ses ouvrages; ce qui n'empêche pas que la lecture n'en soit agréable, parce qu'il jette sur tous les objets une étonnante profusion d'idées, la plupart très-hasardées, et souvent même fausses, mais toujours plus ou moins séduisantes, ou par une imagination qui exerce celle du lecteur, ou par l'attrait d'un style orné et fleuri, ou par le piquant de la controverse et du dialogue. C'est peut-être le plus bel esprit de l'antiquité, et celui qui a parlé de tout avec le plus de facilité et d'agrément. Aussi les poëtes et les orateurs les plus célèbres chez les Grecs et les Romains avaient sans cesse dans les mains ses nombreux écrits, et ne se cachaient pas, ou se glorifiaient même du profit qu'ils en tiraient. On sait quelle vénération avait pour lui Cicéron, qui le traite toujours d'homme divin, et qui ne connaît pas de plus grande autorité que la sienne ; et nous apprenons de Plutarque que ce fut la lecture de Platon qui détermina Démosthène au genre d'éloquence politique qu'il adopta, celui qui consiste à préférer en toute occasion ce qui est honnête et glorieux ; et tel est en effet, si vous vous en souvenez, le principe de toutes ses harangues. Si l'on cherche ce qui put donner à Platon cette puissante influence qu'il exerça longtemps sur les plus grands esprits, on verra que ce ne pouvait être que la partie morale de sa philosophie, sans comparaison la meilleure de toutes, parce qu'elle est noble, insinuante, persuasive, accommodée à la nature humaine, et la dirigeant toujours vers le bien dont elle est capable, sans la rebuter par la morgue et la raideur du stoïcisme. Personne, parmi les païens, n'a mieux parlé de la Divinité et de nos rapports avec elle. On croit à la vérité que les livres des Hébreux, qui font une partie de nos livres saints, ne lui ont pas été inconnus; et ce qui peut appuyer cette conjecture, c'est qu'ils étaient assez répandus en Égypte lorsque Platon y voyagea, puisqu'il ne s'écoula guère qu'un siècle depuis lui jusqu'à Ptolémée Philadelphe, que la célébrité des écrits de Moïse et le désir d'enrichir la fameuse bibliothèque d'Alexandrie, formée par son père, engagèrent à faire traduire en grec les livres sacrés des Hébreux. Ce qui vient encore à l'appui de cette opinion, c'est la conformité frappante des idées de Platon avec celles de l'Écriture sur l'inévitable jugement de Dieu, sur sa présence à toutes nos actions et à toutes nos pensées; conformité qui va même jusqu'à celle des expressions et des phrases, témoin ce passage des Psaumes : « Si je m'élève jusqu'aux cieux, vous y êtes; si je descends dans les profondeurs de la terre, je vous y trouve; » et celui de Platon, dans le dixième livre des *Lois* : « Quand vous seriez assez petit pour descendre dans les profondeurs de la terre, ou assez haut pour monter dans le ciel avec des ailes, vous n'échapperez pas aux regards de Dieu. » Il est possible que Platon et le Psalmiste se soient rencontrés; mais la rencontre est remarquable. Au reste, c'est dans ce même livre des *Lois* que Platon établit et justifie la Providence par des moyens puisés dans la plus saine philosophie. Il prouve très-bien que l'indifférence et l'impuissance, à l'égard des choses humaines, sont également incompatibles avec la nature divine: et il est le premier chez lequel on trouve cet argument invincible, que l'homme, qui ne peut jamais voir que les accidents de l'individu et du temps, c'est-à-dire ce qui est partiel et passager, ne saurait être juge compétent du dessein de Dieu, qui doit nécessairement rapporter et subordonner le particulier au général, et le temps à l'éternité.

Il n'y a en philosophie aucune réponse possible à cette démonstration ; il n'y en a que dans l'athéisme qui, n'est point une philosophie, et l'on s'attend bien que Platon ne doit pas aimer les athées. Il est même, dans sa législation, très-sévère à leur égard, et d'autant plus que la justice divine est la première base de toutes ses lois criminelles et civiles, et que le sacerdoce et le culte sont chez lui au premier rang dans l'ordre politique; en quoi Platon ne diffère d'aucun législateur ni d'aucun gouvernement connu depuis l'origine des sociétés. Tous les gouvernements de la Grèce étaient ennemis de l'irréligion, et les deux ou trois sophistes qui manifestèrent une opinion contraire à l'existence des dieux, n'évitèrent le supplice que par un exil volontaire. Les Romains, encore fort étrangers à toute espèce de philosophie lorsqu'ils firent leurs lois, ne supposèrent pas apparemment que l'on pût nier l'existence de la Divinité, puisqu'en ordonnant des peines capitales contre le sacrilége et l'impiété, ils ne firent aucune mention de l'athéisme, qui pourtant, vers les derniers temps de la république, et à l'époque de l'extrême dépravation des mœurs, devint commun chez eux comme chez les Grecs, mais de la même manière que parmi nous, c'est-à-dire que la Divinité était plutôt oubliée que méconnue par inconsidération, que niée par conviction. Il y eut pourtant cette différence, que Rome n'eut point de professeur d'athéisme proprement dit, et que la France et l'Europe en ont eu, dont plusieurs même, dans les deux derniers siècles, périrent du dernier supplice.

Il règne dans la politique de Platon aussi peu d'accord que dans sa métaphysique. Je ne me pique nullement de connaissances en fait de gouvernement, mais toutes les fois que je lis des philosophes qui se font législateurs, je me rappelle toujours ce vers d'une de nos comédies :

Je vois qu'un philosophe est mauvais politique :

et je serai toujours porté à croire qu'il en est de cette science comme de toutes les autres qu'on appelle *pratiques*, pour les distinguer de celles qui se bornent à la spéculation : je veux dire que, comme il faut avoir manié l'instrument pour être artiste, il faut (qu'on me passe le terme), avoir manié des hommes pour être politique. Aussi, pour peu qu'on veuille étudier l'histoire, on verra que nul homme, excepté Lycurgue, n'a fait un gouvernement ; et l'on pourrait assigner les motifs de cette exception qui sont connus, et ajouter que ce gouvernement n'était pas bon, puisqu'il ne l'était que pour quelques milliers de Spartiates. Et qui donc a fait tous les autres gouvernements, et les a maintenus plus ou moins de temps au milieu de leurs inévitables variations? Les deux seuls législateurs du monde, le temps et l'expérience, ou, en d'autres termes, la force réunie des hommes et des choses, qui dans l'ordre moral comme dans la physique, tendent toujours, malgré des oscillations et des secousses, à se reposer dans l'équilibre.

C'est dans les deux dialogues, qui ont pour titre *Alcibiade*, que l'on remarque les rapports les plus prochains de l'école de Platon avec celle des moralistes chrétiens. C'est là que Socrate donne les premières leçons de conduite à ce jeune Athénien à peine sorti de l'adolescence, et déjà rempli d'espérances présomptueuses. Il lui démontre que la haute opinion qu'il paraît avoir de lui-même, fondée sur sa naissance, sa beauté, ses richesses, son esprit, n'est qu'une illusion et un danger. Il lui enseigne à regarder la vertu, non-seulement comme le premier des devoirs, mais comme le premier des moyens, ou plutôt comme le seul qui peut faire employer utilement tous les autres. Pour arriver à la vertu, le premier pas est la connaissance de soi-même, c'est-à-dire des défauts et des vices de la nature humaine, qui sont la source de tous ses maux (et ces vices sont principalement l'ignorance et l'orgueil); et comme la source de toute vérité et de tout bien est en Dieu, c'est de la manière d'honorer et de prier Dieu que Socrate fait dépendre cette sagesse qui consiste à se connaître soi-même. Il importe d'observer ici que, dans ces deux dialogues, c'est toujours de Dieu qu'il parle, et non pas des dieux : il établit que ce qui est agréable à Dieu, ce n'est pas la multitude et la pompe des sacrifices, mais la disposition du cœur et la pureté des vœux qu'il forme; qu'il faut surtout bien prendre garde à ce qu'on demande à Dieu, parce qu'il nous punit souvent, en exauçant nos vœux, de l'offense que nous lui faisons en les lui adressant. En conséquence il approuve cette formule de prière à Dieu, comme la meilleure de toutes [1] : « Donnez-nous ce qui nous est bon, même quand nous ne le demanderions pas; et refusez-nous ce qui est mauvais, même quand nous le demanderions. » Enfin sur ce qu'Alcibiade lui dit, qu'il espère acquérir la sagesse, si Socrate le veut, il répond : « Vous ne dites pas bien; dites : Si Dieu le veut. » Et en effet c'était une des phrases qu'on entendait le plus souvent dans la bouche de Socrate, et qui est la phrase des chrétiens : *S'il plaît à Dieu.* Dans un autre dialogue, intitulé *Ménon*, il établit que ce n'est pas l'étude de la philosophie qui peut donner la vertu, mais que la vertu ne peut venir que de Dieu seul.

C'est dans ce même dialogue qu'il soutient que notre esprit, en apprenant, ne fait que se ressouvenir; et il devait être d'autant plus attaché à ce dogme, que c'était une conséquence de celui de la transmigration successive des âmes. Platon ne s'est pas aperçu que cette découverte n'est pas un souvenir de l'esprit, quoiqu'elle en soit l'ouvrage; mais qu'elle est le produit du rapport exact des idées, considérées attentive-

---

[1] Cette prière est d'un ancien poëte grec, et se trouve dans l'*Anthologie.*

ment par là faculté pensante qui procède du connu à l'inconnu. C'est ainsi que, sans connaître aucune méthode algébrique, on résout de petits problèmes d'algèbre, seulement en combinant de différentes matières la quantité qu'on cherche avec les quantités données. A mesure que vous écartez les résultats faux, vous approchez du véritable, que vous trouvez un peu plus tard que vous n'auriez fait par les procédés de la science, à peu près comme Pascal devina, par ses propres calculs les premières propositions d'Euclide.

Cette subtilité d'argumentation, qui nuit à la justesse, est une des causes principales des fréquentes erreurs de Platon. Ainsi, par exemple, pour faire voir que la faculté intelligente a la prééminence dans l'homme, et que l'âme doit commander au corps, il se laisse aller à un flux de dialectique, qui le mène jusqu'à conclure que l'homme n'est rien qu'une âme ; ce qui est évidemment faux, car alors il serait une intelligence pure ; et l'homme est un animal dans lequel le corps même a ses lois, comme l'âme, et la dépendance mutuelle de l'un et de l'autre est même une des merveilles de la sagesse créatrice, et aussi l'une de celles que les anciens ont le moins approfondies. Cette erreur n'a pas, il est vrai, des suites graves dans la doctrine de Platon, où elle n'aboutit, pour ainsi dire, qu'à une figure de style, à une exagération oratoire pour exalter l'âme et déprimer le corps. Mais c'est toujours un mauvais moyen, même avec une bonne intention ; et c'est surtout en philosophie que, qui prouve trop, ne prouve rien, d'autant plus qu'en partant d'un faux principe, vous tombez aussitôt dans les filets des fausses conséquences, dont vous ne pouvez plus sortir avec tout adversaire qui saura vous y envelopper. Un interlocuteur habile qui, en réfutant ici Platon dans la personne de Socrate, lui aurait démontré non-seulement que l'homme est un composé de corps et d'âme, mais même que les besoins du corps, dont la conservation est confiée à l'âme, sont par conséquent des lois pour elle-même, qu'elle ne peut violer sans attenter à la nature de l'homme, qui est celle d'un animal, et par conséquent sans désobéir à Dieu, qui en est l'auteur, aurait pu rétorquer contre Socrate ses propres arguments, jusqu'à l'embarrasser beaucoup, même sur cette excellence de la substance pensante, qui est pourtant une vérité et une vérité nécessaire. Aussi, tout ce que je prétends inférer de cette observation, c'est que, dans des matières si importantes, il n'y a point d'erreur indifférente, et qu'il faut se garder soigneusement de l'enthousiasme, en morale comme en tout autre chose.

Mais rien n'a fait plus d'honneur à Socrate et à Platon que la guerre opiniâtre qu'ils déclarèrent tous deux aux sophistes de leur temps, et que le disciple poursuivit avec courage, quoiqu'elle eût coûté la vie au maître. Il ne cherche à décrier ces sophistes devant la jeunesse que pour la garantir de leurs séductions et lui inspirer le goût des bonnes études et l'amour du devoir et de la vertu. Mais on ne peut rien détacher de ces dialogues : c'est un tissu où tout se tient ; et, pour en sentir l'adresse et l'heureux artifice, il faut le suivre d'un bout à l'autre ; et je ne sache pas que cette partie des ouvrages de Platon, qui, pour être bien rendue en français, demanderait beaucoup de facilité, de précision et de grâce, ait jamais été parmi nous traduite comme elle devait l'être. Ce ne sont guère que des savants qui ont travaillé sur Platon, et pour le traduire il faut plus que de la science : celle-ci même n'a réussi que fort médiocrement à faire passer dans notre langue les morceaux les plus sérieux des écrits de Platon, ceux qui regardent la politique et la métaphysique.

Je me hâte de passer aux deux morceaux de Platon les plus renommés, ou du moins les plus généralement connus, l'*Apologie de Socrate*, ou le discours qu'il prononça devant l'aréopage, et le *Phédon*, dialogue fameux où, quelques heures avant de boire la ciguë, le sage d'Athènes entretient de l'immortalité de l'âme ses amis, qui l'admirent et qui pleurent. Ces deux morceaux, quoique les plus purs qui nous restent de l'auteur, renferment encore quelques erreurs, dont les unes tiennent à son pythagorisme, c'est-à-dire à ses chimères sur la transmigration des âmes, et les autres à ces illusions brillantes qui devaient plaire à son imagination.

Les discours de Socrate dans le *Phédon* seraient admirables partout, mais le sont encore plus là où ils sont ; car il n'est pas douteux que, si Platon les a écrits, c'est Socrate qui les a tenus, et il ne paraît pas qu'il ait été donné à aucun homme de voir plus loin par ses propres lumières, ni de monter plus haut par l'essor de son âme : « Voulez-vous que je vous explique pourquoi le vrai philosophe voit la mort prochaine avec l'œil de l'espérance, et pourquoi il est fondé à croire qu'elle sera pour lui le commencement d'une grande félicité ? La multitude l'ignore, et je vais vous le dire : c'est que la vraie philosophie n'est autre chose que l'étude de la mort, et que le sage apprend sans cesse dans cette vie, non-seulement à mourir, mais à être déjà mort ; car qu'est-ce que la mort ? N'est-ce pas la séparation de l'âme d'avec le corps ? Et ne sommes-nous pas convenus que la perfection de l'âme consiste surtout à s'affranchir le plus qu'il est possible du commerce des sens et des soins du corps pour contempler la vérité dans Dieu ? Ne sommes-nous pas convenus que le plus grand obstacle à cet exercice de l'âme est dans les objets terrestres et dans les séductions des sens ? N'est-il pas démontré que, si nous pouvons avoir ici quelque connaissance du vrai, c'est en le considérant avec les yeux de l'esprit, et en fermant les yeux du corps et les portes des sens ? Donc, si jamais nous pouvons parvenir à la pure compréhension du vrai, ce ne peut être qu'après la mort : et vous avez reconnu avec moi, dans le cours de cet entretien, qu'il n'y a de bonheur réel pour l'homme que dans la connaissance de la vérité : que Dieu en est le principe et la source, et que cette connaissance ne peut être parfaite qu'en lui. N'avons-nous donc pas droit d'espérer que celui qui a fait de cette recherche la grande affaire de sa vie, et dont le cœur a été pur, pourra s'approcher, après sa mort, cette de vie éternelle et céleste; car assurément ce qui est impur ne peut approcher de ce qui est pur? Voilà pourquoi le sage vit en effet pour méditer la mort, et pourquoi il n'en est pas effrayé quand elle approche : voilà le fondement de cette confiance heureuse que j'emporte avec moi au moment de ce passage qui m'est prescrit aujourd'hui, confiance que doit avoir, comme moi, quiconque aura préparé de même et purifié son âme. »

Une similitude n'est pas une preuve; mais je vous ai déjà prévenu que Platon ne se fait pas scrupule d'employer l'une pour l'autre; et ce même endroit m'en offre un exemple, où vous ne serez pas fâchés de retrouver encore l'imagination du disciple de Socrate. « Quoi donc! (fait-il dire à son maître) l'art des Egyptiens conserve les corps pendant des siècles avec des préparations aromatiques, et vous croiriez que la substance qui est par elle-même incorruptible, que l'âme, en un mot, pourrait mourir au moment où elle se dégage de la contagion du corps pour s'élever jusqu'à la demeure de l'Etre éternel, qui est le seul bon et le seul sage! » Cette idée, si purement métaphysique, que Dieu seul est vraiment bon et vraiment sage, c'est-à-dire que la sagesse et la bonté, également infinies en lui, sont des attributs essentiels de son être, est en effet de Socrate, et se représente sous les mêmes termes dans l'*Apologie*. Ce précieux monument de l'antiquité grecque est peut-être encore plus singulier que le *Phédon;* car c'est le seul exemple, parmi les anciens, qu'un accusé ait parlé de ce ton à ses juges. Ce n'est rien moins qu'un plaidoyer; le célèbre orateur Lisias en avait fait un pour Socrate, qui le refusa : *Il est fort beau, lui dit-il, mais il ne me convient pas.* Le sien, s'il est permis de l'appeler ainsi, ressemble parfaitement à une leçon de philosophie, du même genre que celles qu'il donnait habituellement à la jeunesse d'Athènes. Il ne justifie point sa conduite; il rend compte de ses principes avec un calme imperturbable, et tel qu'il ne pouvait l'avoir qu'en parlant pour lui-même; car il n'aurait pas pu l'avoir en parlant pour un autre. Mais s'il est sans trouble, il est aussi sans orgueil, quoiqu'il ne cache pas le mépris pour ses accusateurs : il le montre même d'autant plus qu'il n'y mêle aucune indignation; pas le plus léger mouvement de colère, comme il convient quand le méchant ne fait de mal qu'à nous, et quand il n'est que notre ennemi particulier sans être un ennemi public. Socrate, qui d'ailleurs sentait bien que son danger venait surtout de l'envie que lui attirait cette haute réputation de sagesse, confirmée par un oracle, apprécie cet oracle suivant ses principes, qui sont encore ici entièrement conformes à ceux de la philosophie chrétienne, et qui font un devoir, non pas seulement de la modestie que tous les sages ont recommandée, mais de l'humilité dont Socrate seul paraît avoir eu quelque idée avant les chrétiens. Voici ses paroles : « On m'appelle sage, parce qu'on s'imagine que je suis savant dans les choses sur lesquelles je prouve aux autres qu'ils sont ignorants : on se trompe, Athéniens. Dieu seul est sage ; et tout ce que signifie l'oracle rendu en ma faveur, c'est que la sagesse humaine est peu de chose, ou plutôt n'est rien. Si l'oracle m'a nommé sage, c'est qu'il s'est servi de mon nom comme d'un exemple ; c'est comme s'il eût dit aux hommes : Apprenez que celui-là est le plus sage de tous, qui sait qu'en effet sa sagesse n'est rien. »

On ne peut mieux dire ; et quant à ce courage tranquille qui ne va pas chercher le danger, mais qui ne le regarde pas quand il le rencontre dans la route du devoir, il ne peut s'exprimer avec plus de simplicité, c'est-à-dire avec plus de grandeur, que dans cette déclaration de Socrate à ses juges : « Si vous me promettiez de m'absoudre, sous la condition que je ne m'occuperais plus de l'étude et de l'enseignement de la philosophie, je vous répondrais : Athéniens, je vous aime et vous chéris, mais j'aime mieux obéir à Dieu qu'à vous ; et, tant qu'il me laissera la vie et la force, je ne cesserai pas de faire ce que j'ai fait jusqu'ici, c'est-à-dire d'exhorter à la vertu tous ceux qui voudront bien m'écouter. »

Tout cela ne saurait être trop loué ; mais il fallait bien que l'imperfection humaine se montrât ici comme ailleurs ; et si, comme je le disais tout à l'heure, Socrate a du moins aperçu la théorie de l'humilité, il fit voir une fois qu'il n'en soutenait pas la pratique, ni même celle de la modestie, telle que l'enseignent les bien séances fondées sur la nature de l'homme. Jamais la raison n'approuvera que, dans cette même *Apologie,* où il a si bien prouvé que l'homme doit faire peu de cas de sa propre sagesse, il réponde aux juges que, puisqu'ils lui ordonnent de statuer lui-même sur la peine qu'il mérite, il ne croit pas en mériter d'autre que celle d'être nourri dans le Pritanée ; ce qui était le plus honorable tribut de l'estime publique. Ici l'orgueil humain est pris sur le fait, et dans la personne d'un sage. Assurément il lui suffisait de répondre que, ne se croyant pas coupable, il était dispensé de prononcer contre lui-même aucune peine : cela était conséquent et irréprochable, et même suffisamment courageux ; car il était d'usage de ne déférer ainsi à l'accusé la faculté d'arbitrer lui-même la peine que quand elle devait se borner à une amende ; et lorsque cette faculté lui fut accordée, le parti qui voulait le sauver avait prévalu dans l'aréopage, et sa vie était en sûreté. L'orgueil de sa réponse révolta la plus grande partie des juges : ce qui n'empêchait pas qu'ils ne fussent très-injustes en le condamnant ; car l'orgueil n'est pas un délit dans les tribunaux ; mais c'est une tache dans l'homme, et c'était de plus dans Socrate une contradiction.

Mais ce qui n'en était pas une, et ce qui faisait voir, au contraire, un accord très-réel contre sa doctrine et sa conduite, c'est que dans toute cette affaire on voit clairement le mépris de la vie et la détermination à saisir dans cet odieux procès une belle occasion de bien mourir. Il est évident qu'il ne voulut pas la perdre, et qu'il refusa deux fois sa vie : d'abord à ses juges qui la lui offraient visiblement ; ensuite à ses amis même, qui lui offraient toutes les facilités possibles pour sortir sans obstacle et sans danger, et de la prison, et de sa patrie. Ici le sage d'Athènes autorisa ses résolutions sur des principes très-beaux et très-vrais, mais qui ne sont pas encore sans mélange d'erreur, de façon pourtant que les vérités sont d'un grand usage, et l'erreur de peu de conséquence. Quand il ne voulut point consentir à se donner la mort lui-même pour échapper à ce qu'on appelait la honte du supplice, il eut toute raison ; et ses arguments contre le suicide lui font d'autant plus d'honneur, qu'il est le premier, et je crois même le seul parmi les païens qui ait osé condamner, non pas seulement comme une faiblesse, mais comme un délit, ce qui était reçu dans toute l'antiquité, et dans l'opinion et dans l'usage. On peut dire que la philosophie avait deviné la religion en ce point, quand elle décida par la bouche de Socrate que l'homme, qui a reçu de Dieu la vie, ne doit pas la quitter sans son ordre, et qu'il n'a pas le droit de disposer de ce qui n'est pas à lui. Socrate semble avoir aussi aperçu le premier ce principe social et politique qui fait de l'obéissance aux lois un devoir fondé sur un pacte tacite, par lequel tout homme, en naissant, est censé appartenir à sa patrie, et tenu d'obéir à l'autorité qui le protége, tant que cette autorité est en effet protectrice ; car on sent bien qu'un pays où il n'y aurait plus ni lois ni garantie de la sûreté commune, ne serait plus une patrie pour personne, et remettrait chacun dans l'état de nature; ce qui n'était nullement le cas d'Athènes et de Socrate. Dans tous ces points, il a devancé de fort loin tous les philosophes des âges suivants. Mais il va trop loin quand il prétend qu'il n'est pas permis de se soustraire par la fuite à une condamnation injuste, en vertu de cette règle, qu'il ne faut pas rendre le mal pour le mal, ni à sa patrie, ni aux particuliers. La règle est juste et certaine, mais ici mal appliquée; elle serait violée sans doute si vous opposiez la force à l'injustice publique, ce qui ne pourrait se faire sans révolte, et dès lors vous rendriez en effet le mal pour le mal, ce qui est défendu ; et vous feriez même à votre patrie un mal plus grand que celui qu'elle pourrait se faire par une sentence inique. Mais en vous y dérobant, vous ne lui en faites aucun ; vous suivez une loi naturelle sans renverser les lois positives, dont aucune ne vous ordonne d'abandonner sans nécessité le soin de votre conservation, et de plus, vous servez la patrie, loin de lui nuire, puisque vous lui épargnez un crime. Au reste, il n'y a là dans Socrate et dans Platon qu'un excès de scrupule, sorte d'excès aussi peu dangereux que peu commun.

Cicéron disait que, si les dieux voulaient parler la langue des hommes, ils parleraient celle de Platon; ce qui sans doute ne se rapportait pas seulement à l'élégance de son élocution, mais aussi à la nature de ses conceptions philosophiques, qui sont d'un ordre très-élevé. C'est, sans contredit, de tous les philosophes anciens, celui qui a le plus brillé par le talent d'écrire : sans parler de cette pureté de diction qu'on appelait *atticisme*, et que tous les critiques anciens lui accordent dans le plus haut degré, il a su concilier la sévérité des matières les plus abstraites avec les ornements du langage, et l'on voit que celui qui conseillait à Xénocrate de sacrifier aux Grâces, n'avait pas négligé leur culte et avait profité de leur commerce. Il n'est pourtant pas exempt de défauts dans son style, non plus que dans sa composition et dans sa méthode. S'il a communément de l'éclat et de la richesse, il a aussi quelquefois du luxe et de la recherche, et très-souvent de la diffusion et du désordre. Il se répète beaucoup, et ne se suit pas toujours. Quant à l'obscurité qu'on peut lui reprocher en beaucoup d'endroits, elle n'est pas dans sa manière d'écrire, mais dans sa manière de philosopher. Architecte d'un monde intellectuel et hypothétique, il bâtit dans le possible avec une confiance égale à sa facilité, comme on dessinerait sur le papier un magnifique édifice, sans songer aux matériaux et aux fondements. Il est certain que ceux du monde de Platon sont en grande partie chimériques ; et, comme il suppose des êtres de sa façon, sans prouver leur existence, il en arrange les rapports aussi gratuitement qu'il en a créé la substance ; et, au lieu d'idées qu'il puisse communiquer à ses lecteurs, il entasse des dénominations métaphysiques dont on peut d'autant moins se rendre compte, que lui-même, au besoin, varie sur leur acception. Il ne faut donc pas aspirer à rendre son système intelligible dans toutes ses parties; mais il n'y en a pas une qui ne présente des notions et des idées d'une tête très-philosophique, qui conçoit trop vite pour s'assurer de ses conceptions, mais qui, dans cette science des propriétés générales de l'être qu'on appelle *ontologie*, fait, comme en courant, des découvertes rapides et lumineuses, dont elle laisse à d'autres les conséquences et le profit.

SECTION II. — PLUTARQUE.

Plutarque aussi paraît avoir été un des hommes de l'antiquité qui eut le plus de connaissances variées, et qui traita le plus facilement différents genres de philosophie et d'érudition. Nous l'avons déjà vu dans un rang distingué parmi les historiens, et au premier des biographes; mais ses autres écrits, qu'on peut appeler une véritable polyergie, font voir que, s'il fut homme de grand sens, il fut aussi écrivain de grand travail, et que s'il jugeait bien les hommes, il ne savait pas moins apprécier les choses, à commencer par la plus précieuse de toutes, le temps. Ce n'est pas que, dans cette multitude de petits traités, tout soit en général suffisamment approfondi, ou même assez choisi : on voit seulement que, toujours curieux et studieux, il aimait à se rendre compte de tout et à jeter sur le papier toutes les idées qui l'occupaient, et tous les résultats de ses lectures. Ainsi ses *Questions physiques* ou *métaphysiques* ne sont guère que des extraits raisonnés d'Aristote, de Platon et des autres philosophes, plus ou moins d'accord avec ces deux coryphées des écoles, et n'offrant conséquemment que le même mélange de vérités et d'erreurs. Autant il goûtait la doctrine de ces deux grands hommes, autant il avait d'aversion pour celle des stoïciens, dont il a réfuté les paradoxes. Ses *Questions de table* roulent souvent sur des points d'érudition historique assez frivoles, et ressemblent beaucoup à quelques morceaux de nos mémoires de l'Académie des belles-lettres, où l'unité des recherches ne semble pas proportionnée à ce qu'elles ont coûté ; ce qui n'empêche pas qu'en total cette collection, peut-être trop négligée par les littérateurs, ne soit un très-bon répertoire de science, quoiqu'on y désirât un peu plus de cet agrément dont tous les sujets sont jusqu'à un certain point susceptibles, et que les anciens ont rarement négligé. La forme du dialogue que Platon mit à la mode, soit qu'il en ait été le premier auteur d'après les leçons de Socrate, ou seulement le modèle d'après son talent, cette forme heureuse, adoptée par Cicéron et Plutarque, a contribué plus que tout le reste à rendre agréable par la forme ce qui n'est pas toujours fort attachant ou fort instructif pour le fond. Le *Banquet des sept sages* et les *Questions de table* en sont un exemple : dans ces dernières surtout, la matière est souvent assez futile, mais l'entretien est amusant, parce que les interlocuteurs ont une physionomie, et que cet assemblage de raisonnements sans aigreur et de gaieté sans bouffonnerie, de saillies et de sentences, d'historiettes et de discussions, forme un tout qui ne fatigue pas plus l'esprit qu'une conversation d'honnêtes gens.

Mais en morale, je ne sais si, parmi les anciens, quelqu'un est préférable à Plutarque, au moins dans cette morale usuelle, accommodée à toutes les conditions et à toutes les circonstances. Ce n'est pourtant pas qu'il manque d'élévation et de noblesse : vous en verrez des traits dans mes citations, et ce ne sont pas, à beaucoup près, les seuls qu'offrent ses écrits. Mais son caractère particulier, c'est de rapprocher toujours ses idées de la pratique, plutôt que de les étendre en spéculations; et de là, non-seulement son mérite propre, mais aussi les défauts qui s'y mêlent. C'était peut-être l'esprit le plus naturellement moral qui ait existé, et c'est la base de ses admirables *Parallèles;* mais c'est aussi la cause de ses fréquentes excursions, qui n'ont pas toujours assez de mesure et de motif. De même, dans ses ouvrages philosophiques, il ramène tout à ce qui est de tous les hommes et de tous les jours; il veut tout rendre sensible, et et abonde en comparaisons physiques, au point que la pensée ne marche presque jamais seule chez lui, et qu'on peut toujours s'attendre à voir arriver à sa suite une similitude quelconque : méthode par elle-même, il est vrai, et chez lui le plus souvent, très-ingénieuse, mais qui a quelque chose aussi de trop uniforme en soi, et ressemble quelquefois chez lui à l'envie de mettre en avant tout ce qu'il sait, abus assez commun, et peut-être endémique chez les Grecs. Joignez-y de temps en temps le défaut de choix, ou même de justesse dans les comparaisons, et vous aurez à peu près tout ce qui se mêle de défectueux à l'excellente morale de Plutarque, et ce que la réflexion aperçoit, sans presque rien ôter au plaisir et à l'instruction.

Dans cette multitude de petits traités, tous utiles et estimables, on peut distinguer ceux-ci : *Sur la Manière de lire les poëtes ; sur la Manière d'écouter ; sur la Distinction entre l'ami et le flatteur ; sur l'Utilité qu'on peut retirer de ses ennemis ; sur la Curiosité ; sur l'Amour des richesses ; sur l'Amour fraternel, sur les Babillards ; sur la mauvaise Honte ; sur les Occasions où il est permis de se louer soi-même ; sur les Délais de la justice divine par rapport aux méchants.* Tout est généralement sain et substantiel dans ces morceaux d'élite, et il serait bien à souhaiter que quelque bonne plume se chargeât, en faveur de la jeunesse, d'en composer un petit volume à part, en laissant à un âge plus avancé ce qui n'est pas aussi pur ou ce qui est hors de la portée des adolescents.

Je vous ai promis quelques maximes de Plutarque, et en voici qui sont prises à l'ouverture du livre, et qui peuvent faire désirer d'en voir davantage :

« Les enfants ont plus besoin de guide pour lire que pour marcher.

» La perfection de la vertu se forme de trois choses : du naturel, de l'instruction, et des habitudes.

» C'est dans l'enfance que l'on jette les fondements d'une bonne vieillesse.

» Se taire à propos vaut souvent mieux que de bien parler.

» Il n'y a d'homme libre que celui qui obéit à la raison.

» Celui qui obéit à la raison obéit à Dieu.

» L'homme ne saurait recevoir, et Dieu ne saurait donner rien de plus grand que la vérité.

» L'autorité est la couronne de la vieillesse.

» Un ennemi est un précepteur qui ne nous coûte rien.

» Le silence est la parure et la sauvegarde de la jeunesse.

» Pour savoir parler, il faut savoir écouter.

» Sachez écouter, et vous tirerez parti de ceux mêmes qui parlent mal.

» Ceux qui sont avares de la louange prouvent qu'ils sont pauvres en mérite.

» Le flatteur ressemble à ces mauvais peintres qui ne savent pas rendre la beauté des traits, mais saisissent parfaitement les difformités.

» Il y a des hommes qui, pour fuir les voleurs ou le feu, se jettent dans un précipice; il en est de même de ceux qui, pour éviter la superstition, se jettent dans le triste et odieux système de l'athéisme, passant ainsi d'un extrême à l'autre, et laissant la religion, qui est au milieu.

» L'endurcissement dans le crime pourrit le cœur, comme la rouille pourrit le fer. »

Malgré cette aptitude marquée à donner à sa pensée un tour précis et nerveux, l'affectation du style sentencieux lui est entièrement étrangère. Vous sentez que ces passages détachés ici sont répandus chez lui dans divers traités, et jamais accumulés nulle part. Sa diction même est habituellement liée et périodique, et sa composition progressive; mais il connaît l'usage et la variété des mouvements : et atteint même le style sublime, soit par la grandeur des idées et des rapports, soit par l'énergie des tournures et des expressions ; témoins ces deux passages sur le flatteur : « Il dit à la colère : Venge-toi ; à la passion : Jouis ; à la peur : Fuyons ; au soupçon : Crois tout. »

« Patrocle, en se couvrant des armes d'Achille, n'osa pas prendre sa lance, qu'Achille seul pouvait manier. Ainsi la flatterie emprunte tout ce qui est de l'amitié, hors la sincérité courageuse ; celle-ci est une armure trop pesante, l'amitié seule peut la porter. »

Quand il se rencontre dans la poésie épique ou dramatique des maximes perverses ou des sentiments vicieux, Plutarque veut qu'on inspire aux jeunes gens qui les lisent encore plus d'horreur de ces paroles que des choses mêmes qu'elles expriment. Il a raison ; et ce précepte est d'un moraliste profond ; car un mauvais principe fait plus de mal qu'une mauvaise action, d'abord, parce qu'il y a une foule de mauvaises actions renfermées dans un mauvais principe ; et de plus, parce que les mauvaises actions admettent le repentir, et qu'un mauvais principe le repousse. Vous apercevez ici le motif de cette inexprimable horreur qui se perpétuera dans toutes les générations futures pour la doctrine *révolutionnaire,* qui avait mis en axiomes de morale et de législation beaucoup plus que les poëtes n'avaient osé mettre en imitation ou en invention théâtrale dans la bouche des tyrans et des scélérats.

Vous croirez sans peine que la doctrine de Plutarque sur la Divinité et la Providence est absolument la même que vous avez vue dans Platon, et que vous retrouverez dans Cicéron. Voici comme il prouve, par cette méthode comparative qui lui est si familière, que nous devons nous abstenir de juger les desseins de la Providence, et qu'il faut s'en remettre à elle de la disposition des choses de ce monde : « Celui qui ne sait pas la médecine ne saurait assigner les raisons qu'a pu avoir le médecin pour employer tel remède plutôt que tel autre, et aujourd'hui plutôt que demain. De même il ne convient pas à l'homme, dont la justice est si imparfaite et la législation si défectueuse, de rien prononcer sur la conduite de Dieu à notre égard, hors cela seul, que lui seul sait parfaitement en quel temps il faut appliquer la punition comme on applique un remède. Il se sert des méchants pour en punir d'autres; il s'en sert comme de ministres publics et d'exécuteurs de sa justice, et ensuite les écrase et les anéantit... Quand les peuples ont besoin de frein et de châtiment, il leur envoie des princes cruels ou des tyrans impitoyables, et il ne détruit ces instruments d'affliction et de désolation que quand le mal qu'il fallait guérir est extirpé. C'est ainsi que le règne de Phalaris fut proprement une médecine pour les Siciliens, comme le règne de Marius en fut une pour les Romains. »

Il cite avec applaudissement un passage de Pindare, qui fait voir que les grands poëtes ont pensé là-dessus comme les grands philosophes : « Dieu, l'auteur et le maître de tout, est aussi l'auteur et le maître de la justice : à lui seul appartient de statuer quand, comment, et jusqu'où chacun doit être puni du mal qu'il a fait. »

Mais je vous disais que ses comparaisons, souvent si belles, ne sont pas toujours justes, comme lorsqu'il compare l'ami généreux et délicat, qui oblige sans vouloir être connu, à la Divinité, qui aime à faire du bien aux hommes sans qu'ils s'en aperçoivent, parce qu'elle est bienfaisante de sa nature. Or, il est bien vrai que nous ne savons ni ne pouvons savoir tout le bien que nous fait Dieu ; mais bien loin qu'il veuille que nous ne nous en apercevions pas autant qu'il nous est possible, il veut au contraire que nous sentions les biens que nous recevons de lui, et il nous en fait un devoir, comme il nous en fait un de l'aimer ; non pas en effet qu'il ait aucun besoin de notre amour et de notre reconnaissance, mais parce que cet amour et cette reconnaissance nous rendent meilleurs ; et Plutarque pouvait aller jusque-là, puisqu'il cite avec éloge ce mot de Pythagore : « Quand nous approchons de Dieu par la prière, nous devenons meilleurs. »

Mais, s'il n'a pas été toujours aussi loin qu'il pouvait aller, il a plus d'une fois devancé les modernes, de manière à les faire rougir d'avoir préféré les vieilles erreurs de quelques rêveurs décriés, à des vérités reconnues par les hommes les plus sages de tous les temps.

Un de ses écrits, le plus spirituel et le plus piquant, c'est celui *sur les Babillards*. Jamais ce vice de l'esprit n'a été mieux combattu, et c'est là surtout que l'on s'aperçoit que les poëtes comiques pourraient aussi lire Plutarque avec fruit; car ce n'est pas le seul endroit où il soit pittoresque et dramatique, à la façon de notre La Bruyère. Il a saisi toutes les habitudes des babillards, et les peint avec une vivacité de couleurs qui ferait croire que sa sagesse avait rencontré en son chemin cette espèce de folie, et en avait été heurtée.

Après avoir donné des exemples de la démangeaison de parler, il en donne aussi de l'exactitude à se taire, et distingue trois manières de répondre : la réponse de nécessité, la réponse de politesse, la réponse de babil.

On ne peut rien lire de plus instructif que les leçons de Plutarque, pour apprendre à écouter, à se taire et à ne parler qu'à propos; et cette science n'est ni petite ni commune. Les conseils qu'il donne et les moyens qu'il prescrit montrent une connaissance réfléchie de nos diverses habitudes et de la manière dont elles se forment ou se réforment.

SECTION III. — CICÉRON.

Cicéron, dans les dernières années de sa vie, éloigné du gouvernement par les guerres civiles, qui avaient substitué le pouvoir des armes à celui des lois, ne crut pas pouvoir employer mieux le loisir de sa retraite qu'en remplaçant les travaux de l'éloquence et de l'administration par ceux de la philosophie. Il l'avait toujours aimée et cultivée, comme on l'aperçoit dans tous ses ouvrages; mais il n'avait pu y donner que le peu de moments que lui laissaient les affaires publiques, où nous l'avons vu jouer un si grand rôle, comme orateur et comme magistrat, jusqu'au moment où la guerre éclata entre César et Pompée. C'est depuis cette époque jusqu'à sa mort qu'il composa tous ses écrits philosophiques, dont une partie a péri par l'injure des temps. Ils formaient un cours complet de la philosophie des Grecs, et furent achevés dans l'espace de cinq ans, malgré les troubles et les orages qui se mêlèrent encore aux dernières occupations qu'il avait choisies, et le rejetèrent plus d'une fois dans le flot des discordes civiles, qui finirent par l'engloutir lui-même avec la liberté romaine.

Cette philosophie des Grecs avait à Rome des sectateurs et des amateurs depuis Lélius; mais peu de Romains avaient écrit sur ces matières jusqu'à Brutus et Varron, et c'est au premier que Cicéron adressa le plus souvent ses Traités de philosophie et d'éloquence; car Brutus était également versé dans l'une et dans l'autre. Mais Cicéron seul eut assez d'étendue de génie pour embrasser toutes les parties de la philosophie grecque, et assez de confiance dans ses forces pour entreprendre de faire passer dans la littérature latine tout ce qui, dans ce genre, était sorti des plus célèbres écoles de la Grèce. Ce fut la dernière espèce de gloire qu'il ambitionna; et le plan qu'il conçut, et dont lui-même nous rend compte à la tête de son second livre *sur la Divination*, prouve la variété de ses connaissances et la facilité de son talent. Ces matières étaient encore si neuves à Rome, que les Latins n'avaient pas même de termes pour rendre les abstractions de la métaphysique des Grecs; et ce fut lui qui créa pour les Romains la langue philosophique, transportée depuis dans nos écoles modernes, qui jusqu'ici n'en ont pas connu d'autre.

Il commença par le livre intitulé *Hortensius*, que nous avons perdu, et où il faisait à la fois l'éloge de la philosophie et sa propre apologie, contre ceux qui lui reprochaient ce genre d'étude et de composition, comme au-dessous de sa dignité personnelle.

Après l'*Hortensius* il donna les *Académiques*, dont nous n'avons qu'une partie, et où il se propose de défendre la doctrine qu'il avait embrassée, celle de l'académie de Platon, qui, d'après Socrate, n'admettait rien que de probable, et ne reconnaissait ni évidence ni certitude. Cette doctrine, quelques efforts qu'il fasse pour la justifier, n'est pas soutenable en rigueur : aussi la réduit-il, à mesure qu'il est pressé, à peu près à ce qu'elle a de raisonnable quand elle est restreinte, c'est-à-dire qu'il la borne à ce qui est véritablement inaccessible à l'intelligence humaine, et ne permet que les conjectures.

Cicéron a suivi partout la méthode de Platon, celle du dialogue, mais rarement celle de l'argumentation socratique par demandes et par réponses, qui est par elle-même subtile et sèche, et convenait peu au génie de Cicéron et à sa manière d'écrire, plus ou moins oratoire dans tous les genres. Il se rapproche beaucoup plus de cette partie des dialogues de Platon, dans laquelle chaque interlocuteur expose tour à tour son opinion raisonnée, développée, ce qui donne beaucoup plus de champ à l'élocution ; et Cicéron avait trop d'intérêt à n'y pas renoncer. On retrouve partout dans la sienne l'élégance et la richesse qui ne l'abandonnent jamais, et, ce qui est encore plus important en philosophie, la clarté et la méthode ; deux choses qui manquent à Platon. Cicéron ne s'est pas borné non plus à l'exposé et à la discussion des différentes doctrines ; on croira sans peine qu'il y met du sien, et qu'il tâche dans chaque cause d'être aussi bon avocat qu'il est possible, par l'usage qu'il fait des moyens qu'on lui a fournis. Dans les cinq livres *sur la Nature du bien et du mal*, on peut dire de lui ce que Voltaire disait de Bayle, qu'il s'était fait l'avocat général des philosophes.

Il s'agit ici de la grande question du *souverain bien ;* et si l'on ne trouve nulle part un résultat entièrement satisfaisant, c'est qu'il était impossible d'en obtenir sur ce qui n'existe pas. C'est le premier inconvénient (et il est capital) de ces interminables controverses des anciens. Aucun ne s'est aperçu qu'ils cherchaient tout ce qu'on ne peut pas trouver, puisqu'il est de toute impossibilité que le souverain bien soit dans un ordre de choses où tout est nécessairement imparfait. Cela nous paraît aujourd'hui si simple que personne ne s'avise plus d'en douter ; mais il est très-commun d'ignorer, ce qui est pourtant une vérité de fait, que si les modernes ont absolument renoncé à cette question qui n'a cessé d'agiter pendant tant de siècles les écoles anciennes, c'est depuis que le législateur de l'Évangile eut appris à l'homme que le bonheur n'était point de ce monde, et qu'il ne fallait pas l'y chercher. Cette vérité, quoique révélée, a paru si sensible, que tout le monde en a profité, même lorsque par la suite l'Évangile perdit beaucoup de disciples; et ce n'est pas à beaucoup près la seule vérité qu'en ait empruntée, sans s'en apercevoir, la philosophie moderne, ni le seul avantage qu'aient conservé des lettres chrétiennes ceux mêmes qui, d'ailleurs, se sont déclarés contre la religion.

En quoi consiste le souverain bien ? C'était là ce qu'on demandait à tous les philosophes, comme on leur demandait à tous : Comment le monde a-t-il été fait ? Il n'y en avait pas un qui ne se crût en état de répondre sur ces deux questions : et de là autant de systèmes sur l'une que sur l'autre. Epicure et Aristippe répondaient : Dans le plaisir; Hyéronime : Dans l'absence de la douleur ; Zénon : Dans la vertu ; et ces trois systèmes étaient simples et absolus; Platon : Dans la connaissance de la vérité, et dans la vertu qui en est la suite ; Aristote, Carnéade et les péripatéticiens : A vivre conformément aux lois de la nature, mais non pas indépendamment de la fortune : et ces deux systèmes étaient complexes ; et l'Académie, que Cicéron faisait profession de suivre, se rapprochait du dernier en le commentant et l'expliquant. Du reste, les choses et les mots se confondaient tellement dans l'exposition et la discussion de chaque doctrine, que souvent l'une rentrait en partie dans l'autre ; et même Cicéron prétend que Zénon et tout le Portique ne s'étaient séparés des péripatéticiens que par une ambition mal entendue ; qu'ils étaient d'accord sur le point principal, où ils ne différaient que dans les termes ; mais qu'ils avaient rendu ce même fonds vicieux et insoutenable en le rendant exclusif. Vivre conformément aux lois de la nature était, selon les péripatéticiens, la même chose que vivre honnêtement ; et par là ils rentraient dans le souverain bien de Zénon, qui était l'honnêteté ou la vertu (mots synonymes dans la langue philosophique) ; mais Zénon allait jusqu'à ne reconnaître aucune espèce de *bien* que la vertu, aucune espèce de *mal* que le vice ; et c'est là-dessus que les péripatéticiens et les académiciens se réunissaient contre lui, admettant également comme *biens* l'usage légitime des choses naturelles et l'éloignement des maux physiques ; et ils avaient raison.

Epicure était à la fois attaqué par tous, surtout par Cicéron, qui détestait sa doctrine, quoique estimant sa personne ; car toute l'antiquité convient que cet homme, qui s'était fait l'apôtre de la volupté, vécut toujours très-sagement et fort éloigné de tout excès et de tout scandale. Il n'en est pas moins prouvé que ceux qui ont voulu expliquer et justifier sa philosophie, en rapportant à l'âme tout ce qu'il disait de la volupté, se sont entièrement abusés. Nous n'avons plus ses écrits, il est vrai, mais du temps de Cicéron, ils étaient entre les mains de tout le monde ; et quand Cicéron en cite souvent des passages entiers comme textuels, en présence d'un épicurien qu'il défie de nier le texte, on ne peut penser que Cicéron ait voulu mentir gratuitement ni citer à faux, quand il eût été si facile de le démentir. Il est bien vrai qu'Epicure, comme s'il eût été honteux et embarrassé lui-même de sa doctrine (ce qui est assez croyable), l'embrouille en quelques endroits, au risque de ne pouvoir plus ni s'entendre ni s'accorder ; et ceux de ses disciples qui ne voulaient pas être, selon l'expression d'Horace, *des pourceaux du troupeau d'Epicure* [1], profitaient de ces obscurités pour crier à la calomnie, et se plaindre sans cesse qu'on ne blâmait cette philosophie que parce qu'on ne l'entendait pas. Ce n'est pas la seule fois qu'on a eu recours au même artifice en pareille occasion, pour repousser l'odieux ou le danger d'une doctrine perverse, et se conserver le droit et les moyens d'en répandre la contagion : artifice frivole et misérable ; car si ce que vous dites est tel qu'il ne soit bon que de la manière dont vous seul l'entendez, et mauvais de la manière dont tout le monde l'en-

[1] *Epicuri de grege porci.*

tend et doit l'entendre, il est clair que vous ne devez pas le dire. D'ailleurs, les mêmes termes ont et doivent avoir nécessairement la même signification pour tous ceux qui parlent la même langue, sans quoi il faudrait renoncer au commerce du langage et à la communication de la pensée.

Après avoir fait le procès d'Epicure, Cicéron vient ensuite à celui des stoïciens, qui d'abord ont dans Caton un robuste défenseur et un digne représentant du Portique. Je m'étendrai peu sur cette philosophie jugée depuis longtemps, et d'autant plus facilement abandonnée que l'excès dans la vertu est le moins séduisant de tous. Aussi Epicure a-t-il trouvé dans ce siècle une foule de partisans et d'apologistes, et Zénon pas un. Dans le plaidoyer pour Muréna, les dogmes follement outrés du stoïcisme ont fourni matière à Cicéron à une raillerie douce et fine, telle que la comportait l'éloquence judiciaire. Ici l'on s'attend bien qu'il procède plus sévèrement, mais néanmoins sans se refuser l'espèce de force que peut prêter au raisonnement la plaisanterie délicate qui naît des choses mêmes et n'offense pas les personnes. Cicéron ne pouvait pas se priver de cette partie de la discussion, qu'il manie aussi bien qu'aucun autre, et l'une de celles qui forment chez lui comme l'assaisonnement de ses *Banquets philosophiques*. Il tâche de faire sentir à Caton même, et fait très-aisément comprendre à quiconque n'est pas stoïcien, que Zénon et ses disciples ont méconnu la nature humaine en voulant trop l'élever ; que d'ailleurs leur philosophie a un double inconvénient: d'abord en ce qu'ils se sont fait un langage d'école tellement conventionnel, que leurs termes, souvent détournés de leur acception propre, ne peuvent être entendus de personne ; de plus, en ce que, se refusant tout moyen de persuasion dans la chose où il est le plus important de persuader, dans la morale, ils lui ôtent son plus grand charme et son pouvoir le plus universel, et ne disent jamais rien au cœur, pour s'adresser toujours à la raison. En effet, tout le stoïcisme était resserré dans une suite de formules exiguës, d'argumentations abstraites, et, comme dit Cicéron, de petites *conclusioncules* (car l'expression me paraît assez heureuse pour passer du latin au français) qui dessèchent et exténuent tellement la morale, que n'ayant plus ni suc, ni mouvement, ni couleur, elle est comme réduite en squelette ; et que, quand j'entends les aphorismes stoïques tels qu'ils sont, par exemple, dans le Manuel d'Epictète, je crois entendre un cliquetis de petits ossements. Ce n'est pas que cette secte n'ait compté parmi ses disciples de très-grands hommes, mais il ne faut pas s'y tromper : ce n'est pas parce qu'ils étaient stoïciens qu'ils furent grands : mais la hauteur de leur caractère se trouve au niveau des principes du Portique dans ce qu'ils ont de beau et de bon, c'est-à-dire dans la prééminence donnée à la vertu sur toute chose ; et ils ne comptèrent le reste que pour un assortiment scolastique, qui était pour ainsi dire le protocole de la secte.

L'objet des cinq dissertations en dialogue, qu'on appelle *les Tusculanes* parce qu'elles eurent lieu à la maison de campagne qu'avait Cicéron à Tusculum, aujourd'hui Frascati, est de chercher les moyens les plus essentiels pour le bonheur, et l'auteur en marque cinq : le mépris de la mort, la patience dans la douleur, la fermeté dans les différentes épreuves de la vie, l'habitude de combattre les passions ; enfin la persuasion que la vertu ne doit chercher sa récompense qu'en elle-même. Toute cette théorie, qui ne mérite que des éloges, est plus au moins empruntée de ce que l'Académie et le Portique avaient de meilleur, et toujours ornée, corrigée et enrichie par Cicéron, qui la professe en personne d'un bout à l'autre de l'ouvrage. Tout ce que la philosophie naturelle a de plus beau en métaphysique et en morale est ici embelli par l'éloquence ; et ce qu'il peut y avoir de défectueux ou d'incomplet ne doit pas être imputé à l'auteur, puisque la révélation seule l'a suppléé pour nous. Il prouve très-bien que, dans toutes les hypothèses, la mort n'est point un mal en elle-même, puisque, dans le cas où tout l'homme périrait, le néant est insensible : que si l'âme est immortelle, comme il le pense et l'établit de toute sa force, ce n'est pas la mort même qui est un mal pour le méchant, mais seulement les peines qui la suivront, et qui ne sont que la suite de ses fautes ; pour l'homme de bien elle est plutôt à désirer qu'à craindre, puisqu'elle lui ouvre une meilleure vie. Il appuie d'arguments très-plausibles l'immortalité de l'âme, et la mémoire surtout lui paraît en nous une faculté merveilleuse, qui ne peut appartenir à la matière. Quant à ceux qui nient l'immortalité de l'âme parce qu'ils ne conçoivent pas ce que peut être l'âme séparée du corps, il leur répond fort à propos : « Et concevez-vous mieux ce qu'elle est dans son union avec le corps? » Réponse très-digne de remarque; car elle fait voir qu'il avait du moins aperçu ce genre de démonstration dont la bonne philosophie moderne a tiré et peut tirer encore un si grand avantage, et qui consiste à se servir de ce qui est reconnu certain et pourtant inexplicable, pour renverser la dialectique, très-commune et très-fausse, qui nie d'autres faits tout aussi certains et tout aussi démontrés, seulement parce que l'intelligence humaine ne peut pas les expliquer.

D'après la vénération profonde qu'il eut toujours pour le divin Platon (car c'est le nom que lui donne toute l'antiquité), vous ne serez pas surpris de retrouver chez lui ce que vous avez entendu du philosophe grec sur l'étude de la mort; et si j'en fais ici mention, c'est pour constater une opinion qui a été la même dans ces deux grands hommes, sur un point de morale que l'on imagine communément tenir à un abus de spiritualité ou d'austérité, dont on a fait à la philosophie chrétienne un reproche très-mal fondé. Vous voyez que là-dessus Platon et Cicéron, qu'on n'a jamais accusés de rigorisme, ont parlé comme les chrétiens; et il est d'autant plus singulier qu'ils aient mis en avant ce principe, qu'ils n'avaient pas pour l'appuyer les mo-

tifs puissants que notre religion seule y a joints.
« Que faisons-nous, dit Cicéron, quand nous séparons notre âme des objets terrestres, des soins du corps et des plaisirs sensibles, pour la livrer à la méditation ? Que faisons-nous autre chose qu'apprendre à mourir, puisque la mort n'est que la séparation de l'âme et du corps ? Appliquons-nous donc à cette étude, si vous m'en croyez, mettons-nous à part de notre corps, et accoutumons-nous à mourir. Alors notre vie sur la terre sera semblable à la vie du ciel : et quand nous serons au moment de rompre nos chaînes corporelles, rien ne retardera l'essor de notre âme vers les cieux. »

Vous voyez ici avec quel plaisir Cicéron s'abandonne à l'encourageante idée, à la consolante perspective d'un avenir, avec quel ravissement il embrasse cette immortalité qui appartient à l'être qui pense, et il est tout simple qu'une âme telle que la sienne, telle que celle d'un Platon, d'un Socrate, d'un Marc-Aurèle (car je ne veux citer que des païens), ne cherche pas à démentir le sentiment intime de son excellence, l'instinct de sa grande destination, et que de la nuit même de sa demeure terrestre, elle s'avance, à la clarté des idées morales et divines, jusque dans l'avenir immense et dans les années éternelles. Celui qui n'a pas déshonoré son origine et son espèce ne cherche pas un terme à son existence ; celui qui ne craint pas les regards du ciel ne demande pas à la terre de le couvrir pour jamais. Mais pourquoi l'athéisme a-t-il fait en si peu de temps de si affreux ravages, et devient-il un symbole de croyance, même pour l'ignorance la plus grossière? Auparavant du moins la plupart des athées ne l'étaient guère qu'en paroles; et la conviction, si elle existait chez des hommes instruits, n'était qu'un de ces traits de folie particulière, dont une tête d'ailleurs raisonnable peut devenir susceptible, à force de vanité, comme on devient un illuminé, un prophète, un thaumaturge, à force d'exaltation ou de curiosité; car toute passion forte peut donner à l'esprit un trait de démence : nous en avons des preuves fréquentes, et la folie en elle-même n'est guère que l'extrême préoccupation d'une seule idée qui brouille toutes les autres; c'est ainsi du moins que j'ai toujours expliqué l'athéisme réel, qui de tout autre manière me semble impossible. Mais aujourd'hui si cette funeste doctrine est presque devenue vulgaire, c'est qu'en détruisant toute moralité en actions et en paroles, on a fait tomber la base de toute morale raisonnée, la croyance d'un Dieu; c'est qu'en accoutumant les hommes à se jouer sans scrupule et sans pudeur des mots de crime et de vertu, toujours employés en sens inverse, on leur a enfin persuadé que tout ce que la nature et l'éducation leur avaient appris sur les devoirs de l'homme n'étaient qu'une illusion et un mensonge. Et avec quelle avidité des âmes qu'on a déjà corrompues doivent-elles se saisir d'une doctrine qui met le dernier sceau à toute corruption, achève d'étouffer toute conscience et de justifier tous les forfaits! Que peut-il en coûter à des hommes de cette trempe, pour vouloir mourir comme des brutes, après avoir vécu comme des monstres? Des scélérats peuvent-ils envisager un autre asile, un autre espoir, un autre partage que le néant.

Dans l'excellent traité *sur la Nature des dieux*, Cicéron paraît s'être proposé surtout de prouver et de justifier la Providence. Il rit de pitié du beau loisir, et de la belle indolence, et de la bienheureuse insouciance dont Épicure gratifiait ses dieux, qui ne devaient se mêler de rien, de peur de se fatiguer; qui ne devaient s'offenser de rien, de peur de se chagriner; ni s'intéresser à rien, de peur de troubler cette parfaite tranquillité qu'Épicure devait attribuer à ses dieux comme à son sage.

Il faut ici rendre justice aux anciens : toute cette théologie d'Épicure, qui a été renouvelée de nos jours, avec les mêmes arguments et presque avec les mêmes termes, fut, parmi eux, si généralement bafouée, qu'enfin un de ses disciples n'imagina d'autre moyen, pour soustraire à tant de ridicule la mémoire de son maître, que de publier, comme un fait dont il était confident, qu'au fond Épicure n'avait jamais cru à l'existence de la Divinité, et que c'était uniquement pour voiler son athéisme, et se dérober à l'animadversion des lois, qu'il avait eu recours à cette impertinente doctrine, qui, sans anéantir expressément la Divinité, du moins en fabriquait une assez oiseuse pour être sans conséquence, ou assez méprisable pour en dégoûter.

Cicéron traite fort légèrement les futiles chicanes de nos épicuriens; mais il est très-grave et très-sévère sur les conséquences désastreuses de ces systèmes religieux, qui ne vont à rien moins qu'à renverser les fondements de la société ; et là-dessus il parle comme tous les hommes sages et honnêtes ont parlé depuis Cicéron jusqu'à nous. Vous ne doutez pas non plus qu'il ne soit très-éloquent dans la description des beautés, des richesses et de l'harmonie du monde physique : c'est un des morceaux où il semble avoir mis le plus de soin et d'étude, et avoir pris le plus de plaisir.

Il avait fait un ouvrage fort considérable en six livres, dans le même genre et avec le même titre que celui de Platon, *de la République*. Nous l'avons perdu, et il le fit suivre aussi d'un autre *sur les Lois*, qui ne nous est parvenu que fort mutilé. La partie qui nous en reste est moitié morale et religieuse, et moitié politique. Il met, comme Platon, Aristote et tous les anciens, une importance majeure à la religion et au culte, qui tiennent une très-grande place dans les trois livres qui nous restent de son traité *sur les Lois*.

Cicéron s'étend beaucoup et très-disertement sur la justice naturelle, comme étant la régulatrice de toutes les lois; et il la fait dépendre elle-même de la justice divine, qu'il établit comme la seule sanction de la justice humaine. Voici ses termes : « Que le premier fondement de tout soit cette persuasion générale, que les dieux sont les maîtres et les modérateurs de tout ; que toute administration est subordonnée à leur pouvoir et à leur providence; qu'ils sont les bienfaiteurs du genre humain ; qu'ils observent ce qu'est en lui-même chaque individu, ce qu'il se permet, dans quel esprit et avec quelle piété il pratique le culte public, et qu'ils font le discernement des gens de bien et des impies. Voilà ce dont il faut que tous les esprits soient pénétrés pour avoir la connaissance de l'utile et du vrai. »

Parmi les anciens livres de morale, je ne pense pas qu'il y en ait un meilleur à mettre entre les mains de la jeunesse, que le *Traité des devoirs* de Cicéron. Il roule entièrement sur la comparaison et la concurrence de l'honnête et de l'utile, qui est en effet pour l'homme social l'épreuve de tous les moments et la pierre de touche de la probité. Il écarte les arguties des stoïciens, mais il s'approprie leurs principes, généralement bons à cet égard; il en sépare ce qui est outré, et adapte à leurs dogmes toujours secs, même quand ils sont vrais, sa diction attrayante et persuasive. Il entre, sans diffusion et sans superfluité, dans tous les détails des devoirs de la vie, et donne une grande force à la liaison réelle, et beaucoup plus étroite et plus essentielle qu'on ne pense communément, entre les devoirs de rigueur et les devoirs de bienséance. Il est triste et honteux d'être obligé d'avouer que, sur ce point important, les anciens étaient plus sévères, et par conséquent plus judicieux que nous. Ils avaient senti combien c'est une grande loi morale et sociale que de se respecter soi-même devant les autres, et de respecter les autres à cause de soi, dans les paroles et dans tous les dehors dont l'homme est le juge et le témoin, quand Dieu seul est le juge de l'intérieur. L'histoire de la censure romaine, tant que les mœurs publiques la soutinrent en même temps qu'elle les soutenait, fournit des exemples de cette observation, trop connus pour les rappeler ici.

Aucun ancien n'a mieux vu ni mieux développé l'accord des principes de la raison avec ceux de l'ordre social, et c'est un des plus puissants moyens dont il se sert pour rectifier cette fausse notion, et même cette fausse dénomination d'*utile*, vulgairement attribuée par chacun à son intérêt particulier. Il démontre lumineusement que ce qui tend à détruire l'harmonie du corps social dont nous sommes membres, ne peut en effet nous être *utile*, et cette théorie, qui est indiquée par Platon, est si puissamment conçue et éclairée par Cicéron, qu'on peut dire qu'elle lui appartient. Nous lui avons donc l'obligation d'avoir affermi plus que personne cette seconde base de la morale : elle est liée, chez lui comme chez Platon, à la première, qui est la loi divine ; mais celle-ci est la seule que Platon semble avoir bien connue ; il n'a fait qu'entrevoir l'autre.

Jamais, d'ailleurs, Cicéron ne tombe dans les conséquences outrées ; ce qui est encore un vice capital du Portique et de son élève Sénèque, Après qu'il a fait valoir, comme il le doit et comme il le peut, cette loi sainte du maintien de l'ordre social, il se demande s'il sera quelquefois permis de sacrifier à la chose publique la modération et la modestie. Il répond décidément, non : « Jamais l'homme sage et vertueux ne fera des actions honteuses et criminelles en elles-mêmes. Jamais, *pas même pour le salut de la patrie ;* et pourquoi ? C'est que la patrie elle-même ne le veut pas ; et la meilleure réponse à cette question, c'est qu'il ne peut jamais arriver de conjoncture telle, qu'il soit de l'intérêt de la chose publique qu'un honnête homme fasse rien de coupable et de honteux. »

Il trace la règle des intérêts pécuniaires et mercantiles dont la discussion est d'autant plus instructive, que ceux-là sont de tous les hommes et de tous les moments. Il décide toujours, conformément à son principe, qu'il est contraire à la nature de l'homme et des choses, c'est-à-dire à ce qui fonde l'ordre social, d'ôter rien à personne de ce qui lui appartient, de lui causer le plus petit dommage directement ou indirectement, par action ou par omission, de nuire de paroles ou de réticence ; et il résulte de tous les exemples qu'il propose cette grande vérité usuelle et pratique, que la probité, pour être complète, doit aller jusqu'à la délicatesse, ou, en d'autres termes, que la délicatesse n'est autre chose que la parfaite probité.

Les traités *de la Vieillesse* et *de l'Amitié*, naturellement moins abstraits que tous les autres, ont été si souvent traduits, et sont si connus de toutes les classes de lecteurs, que je me crois dispensé de tout examen. Il y a longtemps que ces deux morceaux ont réuni tous les suffrages : celui *de la Vieillesse* surtout a paru charmant, t d'autant plus qu'on s'y attendait moins ; on a it qu'il faisait appétit de vieillir. Si l'on a désiré quelque chose dans celui *de l'Amitié*, c'est peut-être en raison d'une attente contraire : personne n'aime la vieillesse, quoique chacun souhaite de vieillir ; et il est aussi commun de se piquer d'amitié que de se plaindre de la rareté d'un ami. Chacun prétend l'être, en répétant ce mot connu : *O mes amis ! il n'y a pas d'amis.* Heureusement pour Cicéron, nous avons la preuve qu'il l'était, et qu'il en eut un. Ses lettres à Atticus attestent l'un et l'autre, et c'est à lui aussi qu'il dédia son livre *de l'Amitié ;* mais c'est Lélius qui en trace les caractères et les préceptes.

SECTION IV. — SÉNÈQUE [1].

Le premier des ouvrages de Sénèque qui se présente, en suivant le même ordre que son traducteur Lagrange, ce sont ses *Lettres à Lucilius :* elles sont au nombre de cent vingt-quatre,

---

[1] Sénèque naquit à Cordoue vers l'an 6 avant J. C. Il fut le précepteur de Néron, qui, pour se défaire d'un censeur incommode, lui envoya l'ordre de mourir, et lui donna le choix du genre de mort. Il se fit ouvrir les veines l'an 65 de J. C. Ses ouvrages ont été traduits par Lagrange en 6 vol. in-8º, et beaucoup trop vantés par les philosophes du xviiie siècle. Ils ne conviennent point à la jeunesse, dont ils peuvent gâter le goût. Son défaut principal est de manquer de précision ; il a en outre un style sentencieux semé de pointes et d'antithèses ; des peintures brillantes, mais trop chargées ; des expressions neuves ; des tours ingénieux, mais peu naturels. Ses idées sont rendues ordinairement avec vivacité et avec finesse. Mais pour pouvoir profiter de ce qu'il a de bon, il faudrait savoir discerner l'agréable d'avec le forcé, le vrai d'avec le faux, le solide d'avec le puéril, et les pensées véritablement dignes d'admiration d'avec les simples jeux de mots. Il faut donc avoir le goût formé pour lire ses ouvrages.

et roulent toutes sur des points de morale, tantôt différents, tantôt les mêmes. Si l'on voulait les juger comme l'auteur prétend les avoir écrites, c'est-à-dire comme une correspondance familière avec un ami et un disciple (car Lucilius paraît avoir été l'un et l'autre), la première critique qu'on pourrait en faire, c'est qu'elles ne sont rien moins que ce que l'auteur voulait qu'elles fussent. « Vous vous plaignez, écrit-il à Lucilius, que mes lettres ne sont pas assez soignées ; mais soigne-t-on sa conversation, à moins qu'on ne veuille parler d'une manière affectée? Je veux que mes lettres *ressemblent à une conversation* que nous aurions ensemble, assis ou en marchant. Je veux qu'elles soient *simples et faciles, qu'elles ne sentent en rien la recherche et le travail.* » Certes, les *Lettres à Lucilius* ne tiennent pas plus de *la conversation* que du style épistolaire : ce sont, à peu de chose près, de petits sermons de morale ou de petits traités de stoïcisme, ou de petites dissertations sur des matières de philosophie et d'érudition : souvent même rien n'indique que ce soient des *lettres*, hors le titre du recueil. Le ton est habituellement celui d'un philosophe en chaire ou sur les bancs, et le style celui d'un rhéteur qui tombe souvent dans la déclamation, et la déclamation va quelquefois jusqu'à la puérilité.

S'il n'y a guère de pages qui n'offrent dans Sénèque des défauts plus ou moins choquants, il n'y en a guère non plus qui n'offrent quelque chose d'ingénieux, soit par la pensée, soit par la tournure. La morale de l'auteur est souvent noble et élevée, comme l'était celle des stoïciens : elle tend à inspirer le mépris de la vie et de la mort, à mettre l'homme au-dessus des choses sensibles et passagères, et la vertu au-dessus de tout. C'est ce que vous avez déjà vu dans Socrate, dans Platon, dans Plutarque, dans Cicéron, avec des couleurs et des nuances différentes. La prédication de Sénèque (car c'en est une, et il a l'air de prêcher quand les autres raisonnent) a une espèce de force qui n'est point dans les autres : je dis une espèce de force ; car si la meilleure et la véritable est celle qui est la plus efficace et qui produit le plus d'effet sur l'âme, la force de Sénèque n'est sûrement pas celle-là ; sa chaleur est de la tête, et monte à la tête sans affecter le cœur. Il est proprement le rhéteur du Portique ; mais j'ose croire, et avec bien d'autres, que, parmi les anciens, l'orateur de la morale, c'est Cicéron, c'est l'auteur des *Tusculanes*, du *Traité des Devoirs*, et de celui *de la Nature des dieux*. On voit dans les deux moralistes latins, quand on rapproche quelques morceaux, le même fonds de principes et d'objets, mais une grande disparité dans le choix des moyens et dans la manière de les présenter. On voit que l'académicien doit avoir plus d'effet réel que le stoïcien, parce qu'il a plus de mesure ; qu'il doit obtenir plus, parce qu'il demande moins ; que son sage est un homme, et celui de Sénèque une chimère, et dans toutes ces différences, on peut encore observer le rapport naturel des hommes et des choses, qui rend compte de tout. Le stoïcisme et Sénèque se convenaient : c'est le même esprit ; c'est de part et d'autre une exagération, un effort, un excès. On peut dire à l'un : Qui veut trop n'obtient rien ; à l'autre : Qui prouve trop ne prouve rien. La raideur, la jactance et la morgue sont dans les phrases de Sénèque comme dans les dogmes de Zénon : le commentaire est comme le texte. Ce n'est pas là que les hommes se prennent : on exalte ainsi les têtes, mais on choque la raison et l'on manque le cœur.

Sénèque n'a guère écrit que sur la morale, si l'on excepte ses *Questions naturelles*, dont l'éditeur de ses œuvres fait le plus grand éloge, en disant que, *quand nous n'aurions de lui que cet ouvrage, il serait compté parmi les hommes distingués de son siècle*. Je crois que peu de gens seront de son avis. Ce n'est sûrement pas le fond des choses qui peut faire valoir cette production, lui-même le pense comme moi, et, comme lui, je ne reproche pas à l'auteur tout ce qu'il peut y avoir de *faux et même de puéril*, dans sa physique. On n'y voit nulle part qu'il ait eu même de ces aperçus éloignés qui sont comme le pressentiment du vrai, si ce n'est qu'il prédit que quelque jour on connaîtra la nature des comètes ; ce qui ne me semble pas plus difficile à prévoir que l'explication de tout autre phénomène, et ce qui n'a problablement servi en rien à mettre Newton sur la route, pour nous apprendre ce que sont les comètes.

C'est encore moins par le style que les *Ques-*

tions peuvent être *distinguées :* il est tout aussi ampoulé, tout aussi déclamatoire que partout ailleurs; et, comme partout ailleurs, il y a de temps en temps du bon. Reste à le considérer dans sa morale, soit comme penseur, soit comme écrivain. On a vanté sa profondeur. La *profondeur* en morale consiste en deux choses ; dans les vues générales qui déterminent le mieux les vrais fondements des devoirs et des vertus, et dans les traits particuliers qui caractérisent le mieux les défauts et les vices. Je crois voir le premier de ces mérites dans Cicéron, et j'en ai déjà observé un exemple décisif dans cette idée fondamentale qu'il a puissamment embrassée, d'attacher toute l'économie du monde social et moral à l'observation des devoirs de chacun envers tous, pour l'intérêt même de chacun et de tous. Il n'y a presque point de trace de cette théorie vraiment *profonde,* ailleurs que dans Cicéron, et Sénèque ne paraît pas même s'en être douté.

La seconde espèce de *profondeur* se remarque dans la peinture des vices, et c'est en ce sens que les bons poëtes comiques sont moralistes, et que Molière est le plus *profond* des poëtes comiques. Théophraste aurait pu avoir cette qualité que demandait le genre de son ouvrage. Mais celle que les anciens distinguèrent chez lui, ce fut surtout la pureté de son atticisme, la grâce de son élocution. Son livre des *Caractères* offre des traits d'une vérité ingénieuse, soit dans les maximes, soit dans les portraits. Mais il a aissé la palme aux modernes, à La Rochefoucault, dont les pensées sont souvent très-fines et les observations quelquefois *profondes*, et surtout à La Bruyère, le premier en ce genre, et qui est également *profond,* comme observateur et comme peintre : son regard atteint loin, et son pinceau rend tout ce qu'il a vu.

Cette espèce de *profondeur* n'est ni dans Cicéron, ni dans Sénèque : du moins, je ne l'y aperçois pas. Elle pouvait plus naturellement se trouver dans le dernier, qui parle toujours en son nom ; qui, dans ses traités, et surtout dans ses *Lettres*, pouvait prendre tous les tons, et n'en a jamais qu'un. On se rejettera probablement sur les pensées, les sentences, les maximes ; et il faut d'abord distinguer entre les idées et les pensées, car ce sont deux choses différentes : une pensée peut être belle, forte, délicate, mais elle est renfermée en un seul point : une idée belle, grande, *profonde*, est un aperçu qui en contient beaucoup d'autres. Quand Cicéron dit à César : « Il n'y a rien de plus grand dans ta fortune que de pouvoir sauver la vie à une foule d'hommes, et rien de plus grand dans ton âme que de le vouloir, » il renferme en deux lignes, avec autant de noblesse que de précision, le résultat le plus juste, le plus étendu, le plus moral de la puissance et de la bonté. C'est là une idée, et une grande idée. Quand Sénèque dit : « Combien d'hommes ont manqué d'amitié plutôt que d'amis ! » il tourne ingénieusement une pensée vraie qui revient à cette maxime vulgaire, que pour être aimé il faut savoir aimer : *Si vis amari, ama.* Je ne ferai pas d'autres citations des maximes détachées de Sénèque, quoiqu'on ait prétendu que c'est la partie où il a excellé. On en trouve de bonnes, mais la plupart sont très-communes, plusieurs mêmes sont empruntées de Cicéron, Horace et autres écrivains qui l'ont précédé.

On confond trop aisément les sentences avec le ton sentencieux, les pensées avec ce qui n'en a que la tournure. L'éditeur regarde Sénèque comme l'auteur *le plus grave, le plus moral de toute l'antiquité;* il l'est beaucoup moins que Cicéron, et surtout que Plutarque. La *gravité,* dans les ouvrages de raisonnement, consiste dans la solidité des moyens et dans une dignité de style assortie à celle du sujet. C'est précisément ce qui manque à Sénèque. Ses moyens, loin d'être solides, sont la plupart frivoles, faux, ridicules même; loin d'avoir *une abondance de pensées,* comme le dit encore l'éditeur, il n'a qu'une abondance de phrases tournées en apophthegmes pour réduire une même chose, sans nuances et sans progressions; les formes de son style, loin d'avoir le sérieux qui convient à la chose, sont des tours de force et des jeux d'esprit qui peuvent quelquefois éblouir un instant l'homme inattentif, mais dont la futilité paraît dès qu'on y regarde.

A la marche naturelle, facile et décente de Platon et de Cicéron, comparez celle de Sénèque : c'est un homme sur des échasses. Au premier aspect, il paraît haut; mais toisez-le, et vous voyez qu'il vacille, parce qu'il n'a qu'une base factice : tous ses mouvements sont forcés et désagréables, et il tombe souvent. Sénèque a beau exagérer l'expression du dédain quand il me parle de la mort : comment pourrait-il me donner une force que je vois qu'il n'a pas? Il en parle trop pour la mépriser tant; ce qu'on ne peut pas dire de Cicéron, qui n'a traité ce point de morale qu'à sa place, au premier livre des *Tusculanes*, et qui n'y est guère revenu. Sénèque le rebat sans cesse, et partout et à tout propos, toujours du même ton. Les mouvements de son style sont les mêmes, des saillies, des bravades, des abus de mots. Il a l'air de chercher querelle à la mort, de la narguer comme un ennemi qu'on défie de loin ; il s'escrime en l'air. Sénèque cependant fut l'écrivain de son temps le plus à la mode; mais l'illusion ne dura pas plus que sa vie. Quintilien le mit, quoique avec beaucoup de ménagement, à sa véritable place ; et à la renaissance des lettres en Europe, l'opinion publique le relégua parmi les auteurs de la seconde classe, quoiqu'il ait eu encore alors quelques suffrages comme moraliste, bien plus que comme écrivain.

Les autres ouvrages moraux de Sénèque sont les *Traités de la Colère, des Bienfaits, de la Clémence, de la Tranquillité de l'âme, du Loisir du sage, de la Brièveté de la vie, de la Constance du sage, de la Providence*. Partout le même ton et le même esprit ; et ses *Traités* sont comme ses *Lettres*, et ses *Lettres* comme ses *Traités*. Ce qui était bon à dire peut se réduire au tiers, et ce qui est bien dit, à quelques pages.

CHAPITRE III.

DES DIVERS GENRES DE LITTÉRATURE CHEZ LES ANCIENS.

Ce qu'on appelle polyergie, ou littérature mêlée, nous paraîtrait peut-être avoir tenu autant de place chez les anciens que parmi nous, si l'art de l'imprimerie, qui conserve tout, nous eût transmis toutes leurs productions. Les polygraphes n'ont pas été rares parmi eux, et quelques-uns auraient pu lutter contre nos in-folio, si l'on en juge seulement par les titres nombreux des ouvrages de Pline, que nous avons perdus, mais dont un seul a suffi pour éterniser sa mémoire.

Dans l'érudition et dans la critique, il est juste de distinguer Denys d'Halicarnasse, dont nous avons déjà rappelé les travaux dans l'histoire. Médiocre dans le style et dans la narration, il a, dans ses *Antiquités romaines,* un mérite particulier, qui fait regretter davantage ce qu'on a perdu : c'est d'être, de tous les anciens, celui qui a répandu le plus de lumières sur les premiers siècles de Rome, et travaillé avec le plus de succès à concilier les diverses traditions, et à éclaircir l'un par l'autre les premiers annalistes qu'elle ait eus, de manière à fonder la certitude historique. Il avait passé vingt ans à Rome du temps d'Auguste, et avait été à portée d'y amasser les matériaux de son ouvrage, et de recueillir des instructions et des autorités. Il suit, comme Tite-Live, les quatre auteurs les plus accrédités pour l'histoire des premiers âges de Rome, Fabius, Pictor Censius, Caton le Censeur et Valérius Antias, dont il ne nous reste rien ; mais il a plus de critique que Tite-Live, et n'adopte rien qu'avec examen. Aussi a-t-il écarté plus d'une fois le merveilleux que l'orgueil national ou la crédulité superstitieuse avait mêlé aux origines romaines, aux événements les plus remarquables de ces époques reculées, et que Tite-Live, au contraire, paraît avoir pris plaisir à orner d'un coloris dramatique. De ce nombre est, par exemple, le trait fameux de Mutius approchant sa main d'un brasier. Denys n'en dit pas un mot, et raconte le fait de manière que Mutius est ferme et intrépide, sans férocité et sans fureur. Mais pour ce qui concerne le gouvernement intérieur dans toutes ses parties, la religion, le culte, les cérémonies publiques, les jeux, les triomphes, la distribution du peuple en différentes classes, le cens, les revenus publics, les comices, l'autorité du sénat et du peuple; c'est chez lui qu'il faut en chercher la connaissance la plus parfaite ; c'est là ce qu'il traite avec le plus de détail, comme étant son objet principal. Il arrive de là, il est vrai, que l'intérêt de la narration est chez lui fort négligé, parce qu'à tout moment les recherches et les discussions coupent le récit des faits, au point qu'il a étendu dans treize livres ce qui n'en tient que trois dans Tite-Live. Mais ce n'est pas un reproche à lui faire, si nous lui avons l'obligation de savoir ce que les historiens latins ne se sont pas souciés de nous apprendre, uniquement occupés de leurs concitoyens, et fort peu du reste du monde et de la postérité. C'est en effet à deux Grecs, Polybe et Denys, que nous devons les notions les plus assurées et les plus fructueuses sur tout ce qui regarde le civil et le militaire des Romains, et sans doute il est bon que les uns se soient occupés de ce qu'avaient omis les autres.

La qualité distinctive de Denys d'Halicarnasse a été l'érudition critique dans le genre de l'histoire : en fait de littérature et de goût, il n'a guère été, ce me semble, que ce que les anciens appelaient un grammairien. Dans ce qu'il a composé sur la rhétorique, il est à une si grande distance de Quintilien, et encore plus de Cicéron, et que ceux-ci semblent avoir écrit pour les gens de goût de tous les temps, et celui-là pour des écoliers. Ce n'est pas qu'en général ses principes ne soient bons, et ses jugements assez équitables ; mais sans parler même de ses éternelles redites, qui font rentrer presque tous ses Traités les uns dans les autres, et pour le fond et pour les détails, il paraît n'avoir guère considéré dans l'éloquence qu'une seule partie, celle qui était contenue chez les anciens dans le mot générique de *composition* pour les Latins, pour les Grecs, σύνθεσις, et qui comprenait tous les éléments de la diction, la construction, les tours de phrases, l'arrangement des mots, soit pour le sens, soit pour l'oreille. Il en résulte qu'une partie de son travail est de peu d'usage pour nous, et tellement propre à son idiome, que nous ne pouvons pas toujours savoir si les reproches qu'il fait aux grands écrivains, dont il épluche des phrases mot à mot, sont aussi fondés que le ton en est affirmatif.

Dans un autre genre, le moraliste satirique Lucien, quoique né à Samosate en Syrie, et du temps des Antonins, lorsque les lettres grecques et romaines étaient également déchues, n'en est pas moins regardé comme un écrivain classique pour la pureté et l'élégance de la diction. Je ne voudrais pourtant pas, comme a fait son dernier traducteur, l'appeler *le plus bel esprit de la Grèce ;* c'est exagérer beaucoup le mérite de l'auteur, et même la complaisance d'un traducteur, que de donner à Lucien ce qui pourrait appartenir à Xénophon ou à Platon. Ses nombreux ouvrages prouvent de l'esprit, de la finesse et de la gaieté caustique ; mais ils roulent presque tous sur un même fonds d'idées et de plaisanteries. Si Lucien a la verve d'un satirique, il a aussi les travers d'un bouffon qui sacrifie tout à l'envie de faire rire ; et s'il offre dans beaucoup de ses dialogues de la raison et de la saillie, beaucoup aussi sont dépourvus de sel, et d'autres tout à fait insignifiants [1]. Il avait pourtant de l'imagination, et même de celle qui invente ; car, dans le genre de l'allégorie satirique, des auteurs de mérite ont profité de ses inventions.

Dans l'histoire des arts et de leurs monuments, l'antiquité grecque peut opposer Pausa-

[1] Ils peuvent même laisser de très-mauvaises impressions sur des esprits superficiels, en ce qu'il confond le vrai et le faux, le bon et le mauvais, et donne à ses sarcasmes une étendue qui compromet les vérités les plus respectables. Il ne respecte en outre ni la bienséance ni la pudeur.

nias [1] à ce que les modernes ont de meilleur. Il écrivait vers le même temps que Lucien ; et tandis que celui-ci ridiculisait les fables du paganisme, Pausanias décrivait les chefs-d'œuvre d'architecture, de sculpture, de peinture, qui n'avaient pas peu contribué à rendre ces fictions vénérables. Son style est précis et plein, et, son livre à la main, on voyage dans l'ancienne Grèce. Il semble vous la montrer tout entière ; mais en ce genre l'imagination est si impuissante pour suppléer les sens, que ceux qui n'ont vu que les débris semés dans la Grèce moderne, ont une bien plus grande idée de ce qu'elle était que ceux qui ne la connaissent que par les descriptions de Pausanias.

Sur ce que les anciens, et Cicéron en particulier, ont dit du savoir de Varron et de son grand ouvrage des *Antiquités romaines,* qui ne nous est pas parvenu, il avait fait à peu près pour Rome ce qu'avait fait Pausanias pour la Grèce. C'était un homme d'une érudition immense, mais dont on a loué le jugement et les connaissances beaucoup plus que le style et le talent. Il ne nous en reste qu'un Traité sur la langue latine, qui n'a pas peu servi à éclairer les philologues modernes, et un autre sur l'agriculture, beaucoup moins estimé pour la diction que celui de Columelle. Vitruve a non-seulement ce mérite de l'élégance dans ce qu'il nous a laissé sur

---

[1] L'abbé Gédoyn en a donné une bonne traduction française, ornée de savantes notes, en 2 vol. in-4º, ou 4 vol. in-12, réimprimée en 4 vol. in-8º. Cette nouvelle édition est mal exécutée et peu recherchée.

l'architecture, mais il pense et s'exprime sur les arts en homme qui a senti la dignité et qui a réfléchi sur les principes du beau en tout genre. Enfin, les recueils historiques et polygraphiques d'Ælien, d'Athénée, de Diogène Laërce, de Valère Maxime, d'Aulu-Gelle, de Macrobe, etc., assez semblables à nos *ana*, offrent à la curiosité qui ne veut que s'amuser quantité de faits et d'anecdotes, et à celle qui veut s'instruire, différentes sortes de recherches, dont on peut extraire l'essentiel en écartant le frivole et le minutieux. Mais c'est là que je dois borner cette espèce de nomenclature critique, qui ne pourrait s'étendre plus loin sans sortir de notre plan, et passer à ce qui doit y être étranger.

FIN DE LA PARTIE DES ANCIENS ET DU TOME TROISIÈME.

NOTA. Les volumes suivants contiennent : LITTÉRATURE MODERNE (jusqu'à la fin du XVIIIe siècle) par Laharpe, — et la continuation *jusqu'à nos jours*, par Boniface.

TABLE.

	Pages.
LIVRE SECOND. — Éloquence. (suite.)	5
Chap. III. Explications des différents moyens de l'art oratoire, considérés particulièrement dans Démosthène.	5
Sect. Ire. Des orateurs qui ont précédé Démosthène.	ib.
Sect. II. Des diverses parties de l'invention oratoire, et en particulier de la manière de raisonner oratoirement, tel que l'a employée Démosthène dans la harangue de *la Couronne.*	11
Chap. IV. De la différence de caractère entre l'éloquence de Démosthène et celle de Cicéron., et des rapports de l'une et de l'autre avec le peuple d'Athènes et celui de Rome.	24
Chap. V. Ouvrages oratoires de Cicéron.	31
Appendice, ou nouveaux éclaircissements sur l'éloquence ancienne ; sur l'érudition des xive, xve et xvie siècles; sur le dialogue de Tacite, *de Causis corruptæ eloquentiæ.*	50

Chap. VI. Des deux Pline.	57
LIVRE TROISIÈME. — Histoire, philosophie et littérature mêlée.	66
Chap. Ier. Histoire.	ib.
Sect. Ier. Historiens grecs et romains de la première classe.	ib.
Sect. II. Des harangues et de la différence de système entre les histoires anciennes et la nôtre.	79
Sect. III. Historiens de la seconde classe.	85
Chap. II. Philosophie ancienne. Idées préliminaires.	91
Sect. Ire. Platon.	96
Sect. II. Plutarque.	118
Sect. III. Cicéron.	126
Sect. IV. Sénèque.	144
Chap. III. Des divers genres de littérature chez les anciens.	152

FIN DE LA TABLE.

Milton Keynes UK
Ingram Content Group UK Ltd.
UKHW022117030324
438776UK00008B/1296